레나
마일

메비스

"당신은, 저를 화나게 만들었어요!"
God bless me
저, 능력은 평균치로 해달라고 말했잖아.

??
폴린

저, 능력은 평균치로
해달라고
말했잖아요!
4

【티루스 왕국】

C등급 파티 '붉은 맹세'

이세계에서 '평균적'인
능력을 부여받은 소녀.

신인 헌터.
공격마법이 특기.

신인 헌터.
연약한 소녀지만…….

검사. 신입 파티
'붉은 맹세'의 리더.

【브란델 왕국】

아델의 친구.
귀족이며 마법을 잘 쓴다.

왕국의 제3왕녀.
아델에게 흥미를 느낀다.

여관 주인 딸.
경제 관념이 확실하다.

양성 학교를 졸업한 신인 헌터.
슬럼가의 고아들을 돌보고 있다.

지난 줄거리

아스캄 자작가의 장녀 아델 폰 아스캄은 열 살이 되던 어느 날, 강렬한 두통과 함께 모든 것을 기억해냈다.

자신이 예전에 열여덟 살의 일본인 쿠리하라 미사토였다는 것과 어린 소녀를 구하려다가 대신 목숨을 잃었다는 것, 그리고 신을 만났다는 사실을…….

너무 잘나서 주변의 기대가 커, 자기 생각대로 살 수 없었던 미사토는 소원을 묻는 신에게 이런 부탁을 했다.

"다음 인생에서 능력은 평균치로 부탁드립니다!"

그런데 뭐야, 어쩐지 이야기가 좀 다르잖아!

나노머신과 대화를 나눌 수 있고, 인간과 고룡(古龍)의 평균이어서 마력이 마법사의 6800배?!

처음 다닌 학원에서 소녀와 왕녀님을 구하기도 하고.

마일이라는 이름으로 입학한 헌터 양성 학교에서는 졸업 시험에서 A급 헌터와 호각을 다투기도 하고.

그리고 학원의 동급생들과 결성한 소녀 4인조 파티 '붉은 맹세'.

잇따라 대활약을 펼치는 그녀들 앞에 골렘, 적국의 비밀부대, 거기에다 딸을 사랑하는 아버지 등이 속속 등장해 문제가 일어난다.

이런저런 일이 너무 많이 있었지만 마일은 동료들과 함께 신인 헌터로 평범하게 살아간다!

그야, 나는 지극히 평범한 보통 여자아이이니까!

God bless me?

CONTENTS

제27장 그로부터 열여섯……

그로부터 열여섯…… 번째 생일을 축하받은 레나.

이렇게 해서 레나도 열여섯 살이 되었다.

생일 이야기가 나온 김에 밝히는 현재 나이는 메비스가 17세, 레나가 16세, 폴린 15세, 그리고 마일이 13세이다. 이제 조금 더 있으면 메비스의 생일이 다가온다.

폴린이 15세가 되었기 때문에 이제 '붉은 맹세'에서 미성년자는 마일 하나뿐이었다.

하지만 10살부터 정식 헌터가 될 수 있고, 딱히 선거권이나 음주 연령 제한 등이 없는 이 나라에서는 15세라는 기준은 그다지 중요한 문제는 아니었다.

일단은 성인인가 아닌가에 따라 고용상이나 법률상에 차이가 있고 부모의 책임 범위 등도 달라지지만, 그래도 여기에서는 10살이 되었는지 아닌지 쪽이 더 큰 지표가 되었다. 평민 자녀가 용돈 벌이 수준이 아니라 정식 직업을 가질 수 있는 기준이 바로 10살이었기 때문이다.

헌터를 제외하면 대부분 제대로 된 급료를 받지 못하는, 견습생 등의 잔심부름꾼에 불과하지만…….

'마르셀라 씨 삼인방도 이제 3학년이겠네……. 흰 꼬리랑 다른

분들도 모두 잘 지내고 있을까…….'

마르셀라 삼인방 이외의 같은 반 아이들은 마일에게 있어서 고양이보다도 우선순위가 낮은 듯하다.

'나도 이제 열세 살인가……. 난 생일이 빠르니까 다른 사람들은 아직 열두 살이겠지? 열세 살은 일본으로 치면 중학교 2학년인가……. 중2 하면 『중2병』이라는 단어가 자동으로 떠오르지. 나랑은 인연이 없었던 단어지만. 그러고 보면 드래곤(용)에 필적하는 힘을 가지고 있다든가, 강력한 마력이라든가, 어떠한 질문이라도 대답해주고 다른 사람의 눈에는 보이지 않는 비밀의 존재라든가, 전생(前世)의 기억이 그대로 남아 있다거나 하는 망언을……, 앗…………'

마일은 바닥에 털썩 주저앉고 말았다.

*　*

"요즘 들어서 이상한 의뢰가 많네……."

길드 의뢰 보드 앞에서 레나가 중얼거렸다.

그 보드에는 늘 일정하게 올라오는 소재 채취, 마물 토벌, 호위 의뢰 이외에도 조사와 관련한 몇 가지 의뢰가 붙어 있었다.

산악 지대의 마물 상황 조사.

깊은 숲속에 사는 마물이 마을이나 도시 근처에 나타나게 된 원인을 알아보는 조사.

그리고 행방불명이 된 파티의 수색. 구출, 원인 규명, 유품 회

수 등, 각각 추가 보수 있음.

그 밖에 몇몇 조사 의뢰와 마을에 내려오는 것 치고 다소 등급이 높은 마물의 토벌, 솎아내기 등의 의뢰가 한 도시에 집중되어 있었다.

"……헬모르트, 라고요? 왠지 귀에 익은 이름 같네요……."

"예전에 와이번을 잡으러 갔었잖아!"

"아아, 괴조 로브레스!"

레나에게 지적을 받고 손바닥을 짝 치는 마일의 뒤에서 메비스가 중얼거렸다.

"아니, 그러니까, 와이번은 새가 아니라고……."

"으음~, 요즘에는 평범한 일만 했으니까, 돈은 충분히 벌 수 있지만 좀 따분해지려던 참이야……."

예전에도 들어본 기억이 있는 레나의 말에 메비스와 폴린이 당황하며 주변 눈치를 살폈다.

아니, 물론 메비스와 폴린도 그런 느낌이 들기는 했다.

하지만 하루 벌어 하루 먹고 살기도 빠듯한 헌터들이 득시글거리는 길드 한복판에서 '평범한 일만 해서 좀 따분해졌다'는 둥 '돈은 충분히 벌었다'는 둥 말하는 것은 적절치 못했다. 다른 헌터들에게 시비가 걸려도 어쩔 수 없는 문제 발언이다.

모든 파티에 표준 이상의 마술사, 검사나 용량이 엄청난 수납 보유자가 있는 게 아니다. 평범한 소재 채취와 토벌 의뢰로도 그렇게 돈을 벌어들일 수 있는 사람은 그리 많지 않다.

레나도 금세 알아차리고 멋쩍은 표정을 지었다.

다행히 다른 헌터들은 레나의 말을 듣지 못한 모양이었고, 특별히 자신들을 쳐다보는 사람도 없어서 일단 안심하는 네 사람이었다.

"어, 어쨌든 지방에서 왕도로 올라온, 수주자가 없는 비인기 의뢰. 이런 걸 받아서 처리해주면 길드에 대한 공헌도가 높아지겠지!"

서둘러 말을 고치는 레나.

그렇다, 그렇게 표현하면 어색한 상황을 만들지 않고 끝낼 수 있다.

이익이 없을 거라는 판단에 베테랑들이 외면하는 잔류 의뢰를 받아주는 젊은 실력파 파티는 다른 헌터들과 길드에 고마운 존재였고, 왕도 지부로서 체면도 지킬 수 있었다.

아무래도 솔직히 말해서, 생활비를 벌기 위해 따분하기만 한 통상 의뢰를 계속 받는 것은 젊은 그들에게 성이 차지 않았다.

처자식이 있는 중년 헌터라면 일이 곧 생계수단이므로 기꺼이 받지만, 젊은 사람들은 역시 '규모가 큰 의뢰를 맡고 싶다', '이름을 날리고 싶다'라는 생각에 사로잡히기 쉬운 법이다.

그리고 일단은 B등급을 목표로 삼은 레나, 얼른 A등급이 되어서 기사로 등용되는 날만을 꿈꾸는 메비스는 '붉은 맹세'의 네 멤버 중에서도 특히 그런 경향이 강했다.

아니, 그렇게 말하면 조금 어폐가 있을지도 모르겠다.

마일과 폴린에게 그런 마음이 너무 없을 뿐이지, 일반적인 젊은 헌터치고는 레나와 메비스도 딱히 출세욕이 심한 편은 아니었으니까…….

한편 '붉은 맹세'의 네 사람은 조금 전 레나가 한 말이 다른 사람들의 귀에 들어가지 않은 것 같다며 안심했지만, 물론 그렇지는 않았다.

그리 넓지도 않은 길드 건물 안에서 기대주인 신인 미소녀 헌터 사인조가 왁자지껄 떠들고 있는데, 모두가 주목하지 않을 리 있을까. 그리고 소녀 특유의 톤 높은 목소리는 귀에 쏙쏙 들어오는 법이다.

다들, 그냥 못 들은 척했을 뿐이다.

베테랑조차 이익이 없다며 수주를 피하는, 그 성가시고 어딘지 수상한 의뢰를 신인들이 과연 어떻게 할까?

'동료가 붉은 피를 흘렸고, 수지가 적자라는 이유로『붉은 의뢰』라는 이름이 붙은 와이번 토벌을 고작 넷이서 성공시킨 것도 모자라 아무런 상처도 내지 않고 포획한, 상식에서 벗어난 사인조가 이번에는 어떤 재미있는 화제를 제공해줄까?

헌터 길드 왕도 지부의 헌터와 길드 직원들은 모두 두근대는 마음으로 귀에 온 신경을 집중시키고 있었다. 시치미 뚝 뗀 얼굴로, 소녀들로부터 시선을 돌린 채.

"……뭐로 할까……."

고민하는 레나에게 마일이 의뢰서 한 장을 손가락으로 가리켰다.

"레나 씨, 이거……."

'밸류(실속형 의뢰) 세트. 도시 헬모르트에서 낸 의뢰를 전부 받아들일 경우 미달성이나 실패 시에도 위약금이 없으며, 할 수 있는 일을 수시로 해도 좋음. 보수는 성과에 따라 지급함.'

"뭐, 뭐야, 이게! 이렇게 조건이 대충 달린 의뢰는 처음 봤어!"

"……그만큼 수주자가 없다는 걸까요? 그리고 그건 즉, 보수 금액에 비해 위험이 크고 실패 확률이 높다는 걸 의미하겠죠……."

"아아, 틀림없이 그럴 거야. 그리고 동시에 여러 명의 수주자를 투입하려는 목적도 있겠지."

폴린의 말에 고개를 끄덕이는 메비스.

"이거, 그거 맞죠? 전에 레리아 씨가 말했던……."

"으응, 『붉은 의뢰』. 흘리는 피의 색깔 그리고 『적자』의 적(赤)을 의미하는……. 하지만, 그러나!"

""""이렇게 된 거, 우리가 이 『붉은 의뢰』를 받아들이는 거야!""""

그 목소리를 들은 접수원 아가씨 레리아는 이제 완전히 포기했다는 표정으로 어깨를 으쓱거렸다.

한편 '밸류 세트'라는 이름에서 왠지 이상한 것을 느끼는 마일.

'포테이토는 포함인가…….'

* *

"또 자네들인가……."

그로부터 6일 후.

다시 헬모르트에 온 '붉은 맹세' 일행은 예전에 와이번에 대한 설명을 해주었던 길드 마스터를 찾아갔다.

"뭐, 그때 일로 자네들의 실력은 파악했네. 하지만 이번 의뢰는 그때보다 더 위험할지도 몰라. 여러 파티가 아직 귀환하지 못했고 행방불명 상태니까 말이야……. 자네들을 생각해서 하는 말인데, 그만두는 편이 좋아. 의뢰는 이거 말고도 얼마든지 있고, 아무리 재능이 있다고는 하나 경험이 아직 부족할 때는 성가신 의뢰, 위험하고 규모가 큰 의뢰는 받으면 안 돼. 그런 건 좀 더 성장한 뒤에 받아도 늦지 않아. 아직 어리니 그렇게 조바심 낼 필요 없어."

'붉은 맹세'를 얕봐서가 아니라 정말 걱정스러운 마음에 충고하는 것 같았다.

"하지만 이미 왕도에서 수주해버렸는데요."

레나가 그렇게 말했지만 길드 마스터가 부정했다.

"아니, 물론 왕도 지부에서 수주 수속을 밟았겠지만, 어차피 발주처는 여기야. 내가 『수주자로 부적절하다』고 판단하면 계약을 해지할 수 있어. 이번 경우는 자네들의 과실이 아니니까 페널티가 없고, 왕도 왕복 경비와 약간의 위약금을 우리 쪽에서 지급하게 돼. 자, 어때? 괜찮다면 그렇게 해 줄 수 있는데……."

길드 마스터의 제안은 전적으로 호의에 의한 것이었다.

그의 말대로 해서 길드 쪽에 이득이 되는 것은 하나도 없다. 그냥 이대로 내버려두면 동화 한 닢의 손해도 없을 것이다. 보수는 성과급제이니까.

길드에 손해가 갈 것을 뻔히 알면서도 소녀들을 생각해 그렇게 제안한 것이다.

하지만 '붉은 맹세'에게 그만두기를 권하는 길드 마스터의 모습에서 어딘지 위화감이 느껴졌다.

말로는 그만두라고 하고 있지만 내심 의뢰를 받아주길 원하는 듯, 망설이는 모습이 언뜻 비쳤기 때문이다.

그리고.

"사양할게요."

레나가 딱 잘라 거절했다.

"이제 와서 그만둘 거였으면 애초에 수주도 안 했어요. 이 의뢰의 장단점을 전부 고려해서 수주하기로 다 함께 정한 거거든요. 그러니까 이제 와서 누가 무슨 말을 하든, 그리 쉽게 결정을 바꿀 수는 없어요. 그것도, 『위험하니까』라는 말에 꽁무니를 빼는, 그런 이유로는……."

레나의 말에 고개를 끄덕이는 '붉은 맹세' 멤버들을 보며, 길드 마스터는 안타깝다는 듯, 그러면서도 은근히 마음이 놓인다는 듯 복잡 미묘한 표정을 지었다.

하지만 그 표정도 순식간에 사라지고, 금세 엄정한 얼굴로 돌아왔다.

"무리하지 말고, 위험하다고 생각되는 시점에서 조사를 즉시 중단하고 돌아와야 한다. 이건 의뢰주로서의 명령이야. 반론은 허락하지 않아. 그게 싫으면 지금 이 의뢰를 그만둬. 알겠나?"

길드 마스터가 진지한 표정으로 당부하자, 분위기 파악을 못 할 리 없는 '붉은 맹세' 멤버들은 잠자코 고개를 끄덕였다.

"하긴, 저번에 와이번 사건 때는 자네들 덕분에 살았으니까. 영주님도 그날 이후로 헌터의 실력을 인정하게 됐는지, 길드를 대하는 태도가 좀 좋아졌어. 그 점은 고맙게 생각하네. 그럼 일단 대략적인 설명을 해주지. 각각의 의뢰에 대한 자세한 내용은 1층에 있는 접수원에게 듣도록 해. 얼마 전부터 숲과 산악 지대에 서식하는 마물의 움직임이 좀 이상해졌어. 평소에 쉽게 찾아볼 수 있는 마물은 전혀 보이지 않고, 반대로 그 장소에 있을 리 없는 마물이 등장하기도 하고……. 그래서 몇몇 파티가 피해를 봤어. 돌아오지 못한 녀석들도, 아마……."

표정이 어두워지는 길드 마스터. 결국은, 그렇게 된 거겠지.

"그게 저희가 수색해야 할 파티입니까?"

메비스의 질문에 길드 마스터가 고개를 가로저었다.

"아니야. 헌터가 의뢰나 소재 채취 도중에 다치든 죽든 그건 자기 책임이니까. 분수에 맞지 않는 일을 받은 본인의 문제에 지나지 않지. 그러니 굳이 길드가 돈까지 써가며 수색 의뢰를 요청할 사안이 못 돼. 뭐, 가족이나 친구가 돈을 내고 의뢰하는 사례는 이따금 있지만……. 이번 수색 대상은 길드에서 파견한 조사대야. 숲과 마물에 대해 잘 아는 베테랑 헌터들과 학자 선생이 둘. 그리고 참관 차원에서 동행한 길드의 여직원이다."

그 길드 직원은 어느 정도의 마법을 쓸 수 있는 모양이었다.

일반마법을 그럭저럭 구사할 수 있는 것만으로도, 헌터가 아닌 일반인이 포함된 조사대에는 고마운 존재였다. 헌터가 아닌 사람들은 걸핏하면 불평불만을 늘어놓을 때가 많은데, 마법을 쓸 줄 아는 사람이 있으면 그런 문제가 확 줄어들기 때문이다. 또, 만일의 경우 물 걱정을 하지 않아도 된다는 점은 특히 고마운 부분이었다.

게다가 길드 직원이 젊은 여성이기까지 하다면 파티의 남자 멤버들이 동행을 거부할 이유는 전혀 없었다. 눈곱만큼도 말이다.

그 후 조사대의 행동 예정, 알아봐주기를 원하는 항목, 여유가 될 경우 솎아낼 마물의 종류 등을 들었고, 나머지는 1층에서 접수원에게 지도와 자료를 받은 다음 상세한 주의 사항을 확인하면 끝이었다.

방을 빠져나가려고 자리에서 일어서는 네 사람에게 길드 마스터가 말했다.

"조사대, 그러니까 길드에서 보낸 직원 말인데……."

네 사람이 멈춰 서서 뒤돌아보자, 길드 마스터가 말을 이었다.

"……내 딸이야. 꼭 좀 부탁하네!"

아아, 조금 전에 보였던 미묘한 태도는 그런 이유 때문이었나.

딸을 구하기 위해, 누구라도 좋으니 의뢰를 받아서 수색에 나서주길 원했던 것이다. 그리 하여 최악의 경우에는 적어도 그녀의 마지막을 확인하고 시신이나 유품을 수습해 와주길 바랐다.

딸을 가진 아비로서 지푸라기라도 잡는 심정과 전도유망한 신인 헌터를 허무하게 죽게 할 수는 없다는 길드 마스터로서의 심정. 그 두 마음 사이에서 고뇌를 거듭한 끝에 힘들게 꺼낸 말이었으리라.

그러한 심정을 이해한 네 사람은 고개 숙인 길드 마스터를 향해 동시에 엄지를 치켜세웠다.

"그 부탁……."

"""""확실하게 접수했습니다!"""""

메비스의 말에 이어서 합창하는 '붉은 맹세' 일동.

물론 이런 상황에 대비해 연습해둔 몇 가지 대사 중 하나였다.

그리고 이 나라는 일본이나 지구의 영어권 나라와 마찬가지로, 엄지를 세우는 제스처에 긍정적인 의미가 담겨 있었다.

하지만 나라에 따라서는 상대방을 모욕하는 사인이기도 하니 주의가 필요하다. 그렇다, 버프 클랜(애니메이션『전설 거신 이데온』에 나오는 적대 세력. 외계인. 지구인과 반대로, 백기를 흔드는 행위가 항전을 뜻한다)을 향해 백기를 휘두르는 행위가 될 수도 있다.

그렇게 계속 고개를 숙인 길드 마스터를 뒤로하고, '붉은 맹세'의 네 사람은 방을 빠져나왔다.

길드 마스터의 딸은 조사대에 여성 학자가 있었기 때문에, 여자 혼자 따라가서는 안 된다면서 자진해서 동행했다고 한다. 동행 직원이 자신의 딸이라는 사실을 밝히기 전에, 여러 가지 설명을 해줄 때 길드 마스터가 그렇게 말한 바 있었다.

그런 여성은 다소의 위험을 무릅쓰더라도 구해야만 한다. 그럴 만한 가치가 있다.

착한 여자들만 일찍 죽는다면 이 세상이 얼마나 시시하겠는가.

그렇게 생각하는 '붉은 맹세' 멤버들이었는데, 물론 자신들 역시 단명할 생각은 조금도 없었다.

제28장 출격

그리고 다음 날.

"준비 다 됐지? 그럼 간다!"

"""""하앗!"""""

'붉은 맹세' 출격이었다.

출발 지점에서 로브레스를 붙잡은 마을까지는 반나절.

그 근처도 숲속이라면 숲속이었지만, 그렇게 말하면 마을 사람이 버럭 화를 낸다.

마을 사람이 말하기를, 그곳은 어디까지나 '숲 바로 앞에 있는 마을'이라는 것이다.

순조롭게 나아가던 일행은 점심 전에 마을 가까이에 도착했지만, 경솔하게 마을에 들렀다가는 환영받느라 발이 묶일 듯한 예감이 들었기 때문에 마을에는 들르지 않고 그대로 계속 나아가기로 했다. 물 보충을 할 필요가 없다는 것은 이럴 때 정말 편했다.

그렇게 마을을 뒤로하고 곧바로 마을 사람이 말하는 '진짜, 숲으로 들어가는 입구'를 통과했다.

숲에 들어간 직후에는 다른 숲과 별반 다르지 않은, 지극히 일반적인 숲……이라고 생각했는데 갑자기 이빨곰이 등장했다. 롤플레잉 게임(RPG)에서 '시작의 마을'을 나오자마자 대뜸 중보스와 맞닥뜨린 상황이나 마찬가지다.

다만 이빨곰의 입장에서 보면 안타깝게도, 마을에서 나온 것이 노송나무를 깎아 만든 봉을 쥔 레벨 1짜리 다마네기 검사(일명 '양파 검사'로, 게임 『파이널 판타지3』에 등장하는 직업 중 기본에 해당한다)가 아니라, 흉악한 미검(謎劍)을 장비한 다마모기 검사인 셈이다.

허걱!

"이렇게 얕은 숲에 저런 게 돌아다니면 좀 위험한데……."

이빨곰을 수납한 일행은 더 깊은 숲으로 들어갔다.

"작은 동물도 왠지 많은 것 같고……. 역시 깊은 숲속에서 도망쳐 나온 것 같아요."

폴린의 말대로 동물도 마물도 평소보다 많은 것처럼 느껴졌다.

마일은 마을 쪽으로 가면 위험한 것이나 길드에서 지정한 것들을 잡아 수납마법인 척하면서 아이템 박스에 넣었다.

이런 식으로 해봐야 일시적인 안정일 뿐이지만 그래도 안 잡는 것보다는 나았다. 게다가 의뢰 내용에 포함되어 있기도 하고, 숲 아내기는 배당제인 데다가 소재 매각은 개별 요금이었다. 행방불명된 조사대를 찾으려면 서두를 필요가 있어서, 너무 지체되지 않는 선에서 사냥해가며 앞으로 나아갔다.

하지만 숲은 원래 어둠이 빨리 찾아오는 법이다. 숲에 들어간 시간이 정오 무렵이었기 때문에, 첫날은 너무 많이 이동하지 않고 야영하기로 결정했다.

내일은 이동 가능할 만큼 날이 밝으면 곧바로 출발할 예정이므로 저녁 식사를 간단히 끝마치고 얼른 잠자리에 들었다.

*　*

"역시 좀 다른데……."

숲에 들어간 지 이틀째. 안쪽으로 들어가면 들어갈수록 레나의 말처럼 뭔가 다르다는 것이 느껴졌다.

마일 일행은 이런 숲에 들어가 보는 게 처음이어서 '이 부근은 원래 이렇다'고 하면 어쩔 수 없지만, 다른 숲과 비교하면 확실히 상태가 이상했다.

먼저 첫날에는 평소보다 많다고 생각했던 작은 동물과 소형 마물의 모습이 별로 보이지 않았다.

들쥐, 혼래빗 등 중형 동물과 마물의 먹잇감인 작은 동물, 소형 마물의 숫자가 적어서 그런지 중형 동물과 마물의 수도 좀 적은 편이었다.

그에 비해 이빨곰, 오거 등 다소 강한 맹수와 마물은 비교적 많이 찾아볼 수 있었다.

그것들은 솎아내기의 대상에 포함되어 있었으므로 다함께 쓰러트린 후 마일이 차곡차곡 아이템 박스(수납)에 넣었다.

이런 사냥감은 운반하기 힘들어서 토벌 증명 부위만 잘라내는 것이 보통이다. 다른 헌터들에 비해 '붉은 맹세'는 이런 면에서 수익률이 차원이 달랐던 것이다.

그나저나 자기 영역이라는 개념이 별로 없는 힘없는 생물은 사라지고, 자기 영역 의식이 강한 일부 개체만 남은 느낌이 들었다.

물론 강한 마물이라도 작은 동물들과 같은 이유로 혹은 먹잇감을 쫓아 이동한 개체 역시 많을 테지만. 처음 맞닥뜨린 그 이빨곰처럼 말이다…….

"약한 동물과 마물이 적은 경우, 몇 가지 이유를 생각해볼 수 있어. 첫째, 먹잇감이 없어졌다. 둘째, 자신들을 잡아먹는 생물이 늘어났다. 셋째, 먹이 말고 다른 이유로 그곳에서 살기 힘들어졌다. 넷째, 눈 깜박할 사이에 대량 사멸했다……."

레나가 말하면서 손짓하자, 마일은 고개를 살짝 끄덕인 후 아무렇지 않게 왼손으로는 벨트에 꽂은 슬링쇼트를, 오른손으로는 주머니에 든 조약돌을 꺼냈다.

피슝!

재빨리 슬링쇼트의 패드에 조약돌을 끼운 다음 쏘았지만, 그 조약돌은 허무하게도 허공을 뚫고 나무 그늘로 사라져버렸다.

"……죄송해요, 빗나갔어요……."

"괜찮아. 어차피 또 올 테니까."

그렇다, 거리가 살짝 떨어진 나무 위에서 마일 일행을 훔쳐보는 존재가 있었던 것이다.

인간인지 아닌지 판단이 서지 않아 일단 조약돌을 쐈는데, 피하고 말았다.

마일도 슬링쇼트에 익숙해진 데다가 계속 나노머신에 의지해서는 안 된다는 생각으로 최근 들어서는 나노머신에 의한 탄도

보정을 하지 않았는데, 그래도 조금 전 공격은 상당히 정확했다.

빗나간 게 아니라 피한 것이다. 즉, 계속 이쪽을 주시하고 있었다는 증거다.

"……이렇게 해서, 첫 번째와 두 번째 이유는 아니라는 결론이네. 작은 동물의 먹이인 풀, 나무 열매, 벌레 같은 건 평소와 똑같이 있고, 중형 동물이랑 마물도 별로 보이지 않으니까. 그리고 네 번째 이유, 그러니까 갑자기 대량 사멸할 만한 재난 상황이나 극적인 환경 변화가 일어난 것 같지도 않고……."

"레, 레나, 방금 그건……."

메비스의 말을 무시하고, 아무 일도 없었다는 듯이 이야기를 잇는 레나.

"그렇다면 자연스러운 요인이 아니라 어떤 외적 요인일지도 몰라. 그래서 마물의 세력 범위가 급변했다면?"

"……강력한 생물의 탄생 혹은 침입에 의해 생물권이 격변한 걸까요……?"

자신의 말을 마일이 받자, 레나가 고개를 끄덕였고 메비스와 폴린은 경악해서 눈을 번쩍 떴다.

"마, 마일, 너, 어려운 말을 막 늘어놓았는데 무슨 뜻인지 알고 있는 거야?"

메비스가 묻자 폴린도 덩달아 고개를 마구 끄덕였다.

두 사람이 놀란 것은 다름 아닌 그 부분이었다.

"그러니까, 모국의 학원에서 수석이었다고 말씀드렸잖아요!"

"아니, 그건 마일이 마법 실기 때 우등생들을 전부 날려버려서……."

"누가 그렇게 말하던가요?!"

"레리……아, 아무것도 아니야."

"레리…아 씨네요?!"

"어버버버……."

"그럼 이야기를 계속 이어도 될까?"

이마에 우물 정 자가 빠직 하고 생긴 레나가 언짢은 표정으로 묻자 세 사람의 목소리가 화음을 이루었다.

""""얼마든지!""""

"그래서 펜리르나 지룡이라도 나올까 하고 생각했는데 말이지. 그런 거라면 존재만 확인해도 의뢰 임무가 거의 마무리될 텐데, 아무래도 조금 전부터 상황이 좀……."

그런 괴물은 설령 A등급 헌터라도 네 명이나 그 비슷한 인원으로는 도저히 물리칠 수 없다.

어차피 길드에서도 몇 명만으로 구성된 파티로는 이러한 사태를 해결할 수 있다고 보지 않았기에 '조사'와 '원인 규명'이라는 형태로 의뢰를 냈던 것이다. 결코 '해결'하라는 의뢰가 아니었다.

해결은 원인이 밝혀진 후, 그에 맞는 전력을 꾸려서 나서게 된다. 그러기 위한 사전 작업, 조사 의뢰였다.

"……감시당하고 있다고?"

과연 폴린. 그런 식의 이야기가 되자 금세 감을 잡았다.

"응. 게다가 나무 위에서 지켜봤고 순식간에 도망친 점을 봤을 때, 아무래도 인간은 아니라는 느낌이 드네……."

평소에는 제일 먼저 사냥감을 발견하는 메비스지만 의도적으로 숨은 상대를 발견하는 것에는 약한지, 전혀 눈치도 못 챘다는 사실에 적잖이 충격을 받은 표정이었다.

마일은 편법을 쓰는 걸 썩 좋아하지 않고, 모두가 그 편법에 익숙해져버리는 것도 두려워서 광범위 탐지마법은 쓰지 않았다. 하지만 방심했다가 돌이킬 수 없는 사태에 빠지는 것도 무서워서, 기습 공격을 받지 않을 만큼의 단거리 한정 탐지마법은 작동시킨 상태였다. 그래서 마일은 미리 눈치채고 있었는데, 마법 없이도 알아차린 레나는 정말 대단했다.

레나의 '인간이 아니라는 느낌'이라는 말에 세 사람이 입을 모아 말했다.

""""……마족?""""

그렇다. 이 숲에서 '인간이 아닌 것'이라고 하면 떠오르는 것은 그 초로의 마술사(물론 모두 이름 따위 이미 예전에 까먹었다)가 들려주었던, '마족한테 이 아이를 받았다'라는 이야기였다.

모두 표정이 그대로 굳었다.

지금은 신인이 아니라 어엿한 중견 C등급 헌터 정도의 힘이 있다고 자부하는 '붉은 맹세' 멤버들이었지만, 상대가 마족이면 아무래도 불안했다.

어쨌든 '마력이 뛰어난 종족'을 줄여서 '마족'이라고 부르는 존재이다.

게다가 이런 곳까지 찾아오는 자가 평균 이하의 실력일 리 없다.

아무리 객관적으로 봐도 일대일로 싸워서 이길 가능성이 있는 것은 마일뿐. 그것도 '가능성이 있다'는 것에 불과했다.

이 네 사람이 제대로 상대할 수 있는 것은 잘해야 마족 둘 정도까지이리라. 심지어 상대가 자신들의 상상보다 약하다는 전제 조건이 달렸을 때의 이야기였다. 옛날이야기에 등장하는 마족은 그만큼 강했다.

……이제는 옛날이야기가 엄청나게 과장된 것이기를 바라는 수밖에 없었다.

그렇다, 마일의 '일본 전래 허풍동화'에 버금갈 정도로…….

그리고 무의식중에 주머니를 뒤적거리는 메비스.

거기에는 마일에게 받은 작은 용기 두 개가 들어 있었다.

왕도를 출발하기 전에 마일이 혹시 모른다며 준 아주 작은 금속제 용기. 금속제인 데다가 이런 크기이니, 웬만해서는 망가지지 않으리라.

다만 이것을 건네준 뒤에 '일본 전래 허풍동화'의 '한 조각의 빵'(제2차 세계대전 중 루마니아인 포로가 열차에서 만난 유태인에게 받은 빵 하나에 의지해, 힘겨운 도주 생활을 견뎠다는 이야기. 손수건에 감싸져 있던 빵은 사실 나무토막이었다고 한다)이야기를 들려준 이유는 뭐였을까?

살짝, 아주 살짝 마일을 노려보는 메비스였다.

그로부터 몇 시간, 계속해서 깊은 숲속으로 들어간 '붉은 맹세'의 네 멤버.

헌터 길드에서 받은 조사대 예정 루트를 그대로 따랐다. 이번 의뢰의 가장 큰 목적이 조사대 수색이었으므로 다른 선택지가 없었다.

아니, 딱히 어떤 항목을 우선하든 그건 의뢰 수주자의 자유였지만, '붉은 맹세'는 이미 약속을 했다.

'그 부탁……, 확실하게 접수했습니다!'라고…….

협박이나 폭력, 비겁한 교환 조건 등에 의해 강제로 한 불합리한 맹세나 약속은 지킬 필요가 없다.

그런 것쯤이야 무시하고 비웃어주면 그만이다.

하지만 신의를 바탕으로 한 약속은 반드시 지켜야만 한다.

자기 의지로 맺은 계약.

평생 변함없는 우정을 믿으며 맺은 우의.

그리고 자신을 믿어준 사람과의 약속.

그러한 것들은 반드시 지켜야만 한다. 무슨 일이 있어도 말이다.

설령 생존 확률이 한없이 낮아도, 설령 시신의 일부 혹은 유품 하나일지언정 반드시 찾아서 가지고 돌아오겠다. 그런 굳은 신념이 있기 때문에 그렇게 대답했던 것이다.

"……줄어들었네요."

"그러게……."

마일과 메비스의 말처럼, 솎아낼 대상인 마물의 숫자가 확실히 줄어들었다.

그것이 의미하는 바는…….

"왔어요! 전방 300미터, 8명!"

그렇다, 마물들이 이동한 원인이 있는 장소에 가까워졌다는 뜻이었다.

“고블린이나 오크 같은 마물이 아니에요. 인간, 같은 건데…….”

마일의 보고가 살짝 애매했는데, 상대가 마족이어서 마일의 탐지마법 반응이 인간과 조금 다른 거라고 생각한 레나는 별로 개의치 않았다.

“맞서 싸우자! 상대는 우리보다 훨씬 세다고 생각해. 기습공격하려는 상대한테 오히려 우리가 먼저 카운터펀치를 날리는 거야. 이길 가능성은 그게 전부라고 생각하는 게 좋아.”

다소 비관적인 말이었지만, 레나가 어린 시절 아버지에게 밤마다 들었던 동화랄까 옛날이야기랄까, 그러한 이야기에 등장하는 마물 중 절반이라도 진실이라고 생각한다면 과연 승산은 희박했다.

게다가 아마 자신들보다 훨씬 뛰어난 신체 능력을 지녔고 지형에도 익숙한 상대를 숲에서 따돌릴 수 있을 리도 없다. 도망치려고 우왕좌왕하는 틈에 기습공격을 당하거나, 서서히 한 명씩 수명이 깎이면서 끝나고 말 뿐이리라.

깊은 숲으로 들어가면 마족의 공격을 받는다, 이렇게 피해가 난 원인은 마족의 소행 때문이다, 라는 사실을 알게 된 것만으로도 조사 임무로서는 상당한 성과였다. 그다음은, 그에 적합한 전력을 갖추어서 임하면 되는 거니까.

이제 살아서 돌아가기만 하면 임무 성공이다.

슈욱!

갑자기 나무 위에서 떨어진 두 그림자.

"……흙기둥!"

"수창(水槍)!"

퍼억!

슈웅!

쿵

적들은 후위 마술사 둘을 순식간에 무력화시킬 계획이었는지 레나와 폴린을 덮치려고 나무 위에서 확 뛰어내렸는데, 한 녀석은 레나가 마법으로 만든 흙기둥에 부딪쳐 땅에 떨어졌다. 그리고 또 한 녀석은 폴린이 쏜 수창이 명중해 역시 땅을 굴렀다.

얼음이 아니라 물이여서 찔리지는 않았지만, 물의 기세에 낙하 속도까지 더해져서 위력이 커진 것 같았다.

""""""엥……."""""""

마일의 상세한 탐지 보고 덕분에 적의 습격 타이밍을 정확히 파악하고 있었던 네 사람이었는데, 적이 너무 쉽게 쓰러진 점 그리고 특기인 마법을 쓰지 않고 육탄전으로 나왔다는 점에 무심코 놀라고 말았다.

그리고 땅에 쓰러져 꼼짝도 하지 않는 적의 상태를 확인하려고 했을 때.

"움직이지 마!"

뒤에서 들린 목소리에 뒤돌아보자, 적으로 보이는 네 명이 서 있었다. 아마도 나머지 둘은 어딘가에 숨어 있으리라.

그리고 그 네 명은.

뾰족 솟은 고양이 귀.

접혀서 축 처진 강아지 귀.

여우 귀에 토끼 귀.

……그리고 복슬복슬한 꼬리털.

“““““수, 수인?!”””””

그렇다. 그것은 이리 보고 저리 봐도, 마족은 아니었다.

“저항만 안 하면 다치게 할 생각 없어. 무기를 버리고 얌전히 굴어.”

하긴, 죽일 생각이었다면 처음에 나무 위에서 뛰어내리지 않고 투척창 아니면 활을 써서 공격했을 것이다. 지금 역시 이러쿵저러쿵 말하지 않고 덮치는 방법도 있고 말이다.

그렇다는 건, 정말로 붙잡기만 할 생각인지도 모른다.

하지만 그렇다고 해서, 네 그렇게 하십시오 하고 순순히 붙잡혀 줄 수는 없었다.

붙잡는 것이 주된 목적이라지만, 정보를 캐내기 위해서라거나 사신에게 산 제물로 바치기 위해서라는 등 안전이 보장되지 않으니까.

게다가 애초에 잡혀줄 이유가 없었다.

상대가 마족이 아니라는 것을 알게 된 지금, ‘붉은 맹세’에게는 여유가 생겼다.

신체 능력은 인간보다 뛰어나지만 마력이 상당히 약한 수인. 그래서 처음에 마술사 둘부터 무력화하려고 했겠지만, 그 계획은 틀어졌다.

하지만 가뜩이나 인간은 신체 능력이 뒤처지는데, '붉은 맹세'는 심지어 어린 소녀 전위 두 명에 신출내기 마술사 두 명인 만큼 만만하게 볼 것이 분명했다. 눈앞에서 동료 둘이 쓰러진 모습을 봤어도, 그건 동료가 자폭했을 뿐이라고 여기고…….

"저항만 안 하면 죽이지 않을게. 하늘을 보고 누워."

""""""어이……."""""

레나의 말에 어이없어하는 수인 남자들.

무리도 아니다. 그건 수인에게 가장 모욕적인 '완전 복종 자세'였으니까. 무엇보다도 인간 소녀를 상대로 할 수 있는 일이 아니었다.

물론 똑똑한 레나가 그 사실을 모를 리는 없었다. 그것은 명백한 도발이었다.

이런 데서 포로로 삼아도 다루기 곤란하고, 순순히 따라줄 것 같지도 않다. 그래서 가장 빠른 방법, 즉 싸움으로 발전시키려는 작전이었다. '상대가 먼저 덤볐기 때문에 어쩔 수 없이 정당방위 차원에서'라는 형태로…….

하지만 딱히 레나의 독단은 아니었다.

다양한 상황에 대해 다 함께 사전 검토를 한 것 중, 이런 상황의 대처법으로 생각해두었던 한 가지 패턴이었다.

물론 죽일 생각은 없다. 여러 가지로 고민한 끝에 나온 작전이다.

상대가 마족이 아님을 안 순간, 갑자기 강하게 나오는 레나였다.

"이, 이게……. 어린 계집이 건방지게……."

레나 일행이 지금까지 지겹도록 들어온 대사를 토하며, 네 사람이 다가왔다.

검이 아니라 손도끼 같은 것을 손에 쥐고 있었다. 아마도 전투용이 아니라 숲속에서 이동할 때 쓰는 도구이리라.

일단 마일은 틀림없이 적들보다 강하다.

메비스도 마음을 굳게 먹어 '진 신속검' 모드가 되면 문제없으리라.

그리고 폴린과 자신 역시 스태프로 몸을 보호하면서, 위력은 대폭 떨어지지만 빨리 쏠 수 있는 단영창 마법을 연속으로 구사하면 유리한 전투로 이끌어갈 수 있다. 여유가 되면 조금 더 위력이 있는 마법을 쓸 수 있을지도 모른다. 그리고 첫 공격은 이미 무영창을 끝내고, 발동 보류 상태로 해두었다.

숨어 있을 나머지 둘도, 마일이 파악하고 있을 터. 문제는 없다.

그렇게 생각한 레나는 왼팔을 내밀어 손바닥을 위로 향하게 한 다음, 가운뎃손가락을 까딱까딱 움직였다.

그렇다, 그 동작은 덤벼라, 하는 도발 사인이었다.

"이, 이게……. 싸우자! 죽이지 않게 조심해라!"

아무래도 정말 위해를 끼칠 생각이 없었던 모양이다.

적어도 이 자리에서는.

하지만 싸움이 시작되면 생각대로 되지 않는 법이다.

죽일 생각이 없어도 서로 무기를 휘두르는 상황에서는 무슨 일이 일어날지 아무도 모른다. 급소를 비켜나가게 할 계획이었는데, 적이 피하다가 오히려 치명적인 부위에 맞는 일은 비일비재하니까.

그렇게 적들이 덤벼든 직후, 반대쪽에서 숨어 있던 두 사람이 뛰어나왔다.

동시에 모두 나오는 것보다 일단 네 명을 상대하고 있을 때 나머지 둘이 등장하는 쪽이 훨씬 혼란을 유도할 수 있다. 근접 전투에 강한 자들이 흔히 쓰는 방식이었다.

그러한 농간을 쓰면 경험이 별로 없는 자들은 조금도 버티지 못한다. '붉은 맹세'의 네 사람도 동요해서 너무도 쉽게 혼란……, 에 빠지지는 않았다.

전방에서 다가오는 네 명 중 두 명은 마일과 메비스가 각각 한 사람씩 맡았고, 전위 둘을 무시하고 후위 마술사인 레나와 폴린에게 달려든 나머지 둘에게는 레나가 불마법, 폴린이 얼음마법을 각각 쏘았다.

레나와 폴린에게서 영창하는 모습이 전혀 보이지 않자 너무 놀라 정신줄을 놓았다고 생각한 적들. 그중 한 놈은 근접 거리여서 반드시 맞출 자신이 있었던 레나가 영창 없이 보류한 불마법으로 만든 불덩어리를 배에 그대로 맞았고, 또 다른 한 놈 역시 폴린이 쏜 얼음기둥을 배에 그대로 맞아 동시에 뒤로 몸이 휙 날아갔다.

그나마 다행인 건 폴린이 얼음기둥 끝을 뭉툭하게 만들었기 때문에 맞아도 심하게 다치지 않았다는 사실이다. 그보다 레나의 공격을 받아 배에 심한 화상을 입은 녀석 쪽이 훨씬 심각했다. 그는 금속제 방어구도, 가죽 장비도 갖추지 않았던 것이다.

……아무래도 수인인 만큼 자기 모피를 지나치게 믿었던 모양

이다.

한편 그 무렵, 적이 손도끼로 휘두른 참격을 막은 마일이 그대로 검을 휘둘러 상대의 무기를 튕겨 날려버렸고, 메비스 역시 순간적으로 빠르면서도 강력한 참격으로 상대의 무기를 날려버렸다.

적의 무기는 생김새를 봤을 때 한손으로 다루는 것이어서, 마일과 메비스가 양손으로 휘두르는 검의 위력에 대항할 수 없었다.

수인의 입장에서는 인간에게 힘으로 뒤지는 것 따위는 상상도 못 할 일이다. 그것도 어리고 연약해 보이는 소녀가 상대라면 더욱.

그런데 힘으로 완전히 지고 말았다.

아무리 그래도 검을 쥔 상대를 맨손으로 맞설 생각은 들지 않았는지, 아니면 인간 소녀에게 힘에서 밀렸다는 충격이 너무도 컸는지, 무기를 놓친 두 수인은 아연실색해서 멍하니 서 있다가 그대로 마일과 메비스가 휘두른 검등을 맞고 쓰러졌다.

그리고 한 템포 늦게 후방에서 공격했던 두 적은 레나와 폴린을 노렸지만, 레나와 폴린은 재빨리 마일과 메비스의 등 뒤로 달려 들어간 다음 몸을 휙 돌려서 공격 주문 영창을 시작했다.

적의 눈앞에는 검을 쥐고 자세를 잡은 마일과 메비스. 그리고 그 뒤에서 주문을 영창하는 레나와 폴린.

남은 두 명의 적은 마구 동요했지만, 쓰러진 동료를 버리고 달아날 수는 없었다. 죽음을 각오한 표정으로 '붉은 맹세'의 네 멤버와 맞서려던 그때…….

"도망치자!"

""""하앗!""""

'붉은 맹세'의 네 멤버가 갑자기 달아나기 시작했다.

딱히 적에게 포위되거나 하는 일은 일어나지 않았다.

남겨진 적은 그 자리에 잠시 멍하니 서 있다가 퍼뜩 정신을 차리고 허둥지둥 달려가 쓰러져 있는 동료들을 일으켜 세웠다. 자신들의 행운을 신께 감사하면서…….

그리고 부상이 심한 자들을 부축해서 겨우 그 자리를 떠났다.

"……계획대로야. 가자."

""""오케이!""""

작은 목소리로 그렇게 중얼거린 '붉은 맹세'의 네 사람은 발소리를 죽이고 이동을 시작했다.

물론, 수인들의 뒤를 밟는 것이었다.

붙잡아서 심문해봐야 솔직하게 털어놓을 것 같지 않았고, 포로를 줄줄이 끌고 다니면 제대로 행동하기 힘들다. 그렇다고 숲에 그대로 방치해 둘 수도 없고 죽일 수도 없다.

이런 경우에 취할 수 있는 행동은 파티의 기본 행동 방침으로 몇 가지가 정해져 있는데, 지금 패턴은 그중 하나인 '풀어주고 뒤쫓기'이다.

……아무런 함축적 의미도 없는, 그냥 그대로의 명칭이었다.

보통은 인간보다 후각과 청각이 발달한 수인을 몰래 뒤쫓기란 아주 어렵다.

숲속에서 놓치지 않을 만큼의 거리를 두고 추적하면 아무래도 지각 능력이 예민한 그들에게 들키고 말 테니까.

하지만 지금 그들은 다쳐서 마음이 혼란스러운 상태인 데다가 피비린내와 불에 탄 냄새, 통증, 휘청거리는 몸, 그리고 평소와 달리 온갖 잡음을 내며 엉성하게 이동하고 있어서 주위에 신경 쓸 여유도 능력도 없었다.

마일이 탐지마법을 쓰면 충분히 떨어진 거리에서 추적하는 것도 가능했다. 하지만 그건 파티에 도움이 되는 행동이 아니다. 그렇게 생각한 마일은 모두가 평범하게 추적하는 길을 택했는데, 그러한 상황과 바람이 부는 방향 덕분에 어떻게든 들키지 않고 뒤를 밟을 수 있었다.

*　*

"……뭐야, 저게……."

레나가 아연한 얼굴로 중얼거렸다.

그도 그럴 것이다. 나무 그늘에 숨은 그들의 눈에 비친 것은 다친 동료들을 부축해서 엉성하게 세워진 오두막 다섯 채 중 한 곳으로 들어가는 수인들의 모습이었다.

거기까지는 좋다. 거기까지는 좋은데.

문제는 그 맞은편에 펼쳐진 광경이었다.

반쯤 무너진, 잘라낸 돌로 만든 듯한 유적.

그리고 호미와 괭이 같은 농기구를 쥐고 작업 중인 수많은 수인들.
마일은 그 모습을 보고 '유적 발굴 현장'을 떠올렸는데, 정말로 그런 듯했다.
"……어쩌지?"
"글쎄요……."
메비스의 물음에 폴린이 곤란하다는 듯 대답했다.
레나 역시 너무도 예상 밖의 광경이라 말문이 막힌 상태였다.
"지금은, 정찰해야죠!"
그때 튀어나온 마일의 말.
"이 정보를 가지고 서둘러 돌아가는 것도 중요하지만, 만약 행방불명된 조사대나 헌터들에 관한 단서가 있다거나, 저자들이 그 일과 직접적인 관련이 있다면 아직 늦지 않았을 가능성이 있어요. 게다가 만약 행방불명된 사람들을 붙잡고 있다면, 대규모의 병력을 이끌고 왔을 때 도망치거나 인질로 삼거나 본보기로 죽일 가능성도……."
"오늘 밤에 정찰하자!"
마일의 말 중에서 인질, 이라는 대목부터 레나의 눈빛이 바뀌었다. 아마도 아버지의 최후를 떠올린 거겠지.
그렇게 잠시 관찰하고 있으니, 조금 전 수인들이 들어갔던 오두막에서 누군가가 달려 나왔고 그 후 얼마간 수인들이 계속해서 들어갔다 나오기를 반복하면서 다소 소란스러워졌다가 점차 움직임이 잦아들었다.
아무래도 '붉은 맹세'를 붙잡으러 나설 생각은 없어 보였다.

딱히 이곳의 존재를 들킨 것도 아니고, 그저 조금 우쭐한 마음에 어쩌다가 깊은 숲속까지 들어온 평범한 소녀들일 것이라며 자신들에게 무해하다고 판단했으리라.

설마 그녀들이 조사 의뢰를 받은 중견 헌터라고는, 심지어 동료들의 뒤를 밟았다고는 꿈에도 생각하지 못하고 그저 우연히 수인과 맞닥뜨려 허겁지겁 달아난 신입 파티라고 생각한 것이다.

발굴 현장이 바람이 불어오는 쪽에 있는 덕분이랄까, 후각이 비상한 수인들도 눈치채지 못한 것이 다행……이랄까, 당연히 바람의 방향을 고려한 추적이었다.

전생에서 그 책을 애독했던 마일이 그런 부분을 놓칠 리 없었다.

그렇다, 바로 그 책 말이다.

'바람이 부는 쪽에 선 것이 내 불찰이다'(만화 『카무이전』에 나오는 말)로 유명한…….

"……그래서, 작전 말인데."

수인들에게 들키지 않기 위해 일단 발굴 현장 쪽에서 바람이 부는 방향으로 이동한 '붉은 맹세'는 밥을 먹으며 오늘 밤 계획을 세웠다.

시간은 충분히 있었지만, 발각될 확률을 조금이라도 더 낮추려면 불을 쓰는 요리는 불가능하다. 그래서 식사는 딱딱한 빵과 육포, 그리고 물이 전부였다.

저녁 식사 시간치고는 아직 일렀지만, 그래도 식후에 바로 움직이는 것은 좋지 않아서 이른 시간에 조금만 먹도록 하고 있었다.

"오두막은 총 다섯 채. 만약 붙잡힌 사람이 있다고 가정한다면 그중 어디일까, 라는 거지. 잠깐 관찰하면 놈들이 출입하는 모습에서 수상한 점을 찾아낼 수 있을지도 모르지만, 우리가 들킬 위험과 부족한 시간, 수상한 점이 다소 있더라도 확실하지 않다는 점, 애초에 붙잡힌 사람이 거기에 없으면 아무리 관찰해도 알 수 없다는 사실 등의 이유로, 그건 각하야."

모두 레나의 말에 고개를 끄덕였다. 몸이 정상 상태인 수인이 바글거리는 곳에서는 들킬 확률이 너무 높았다.

"그렇다고 모든 오두막에 잠입하는 건 너무 위험해. 틀림없이 발각되고 말 거야."

"""""…………."""""

"그러니까 마일, 네가 나설 차례야."

"잉……?"

마일은 갑작스러운 임무에 당황했다.

"다 알아. 네가 우리 생각을 많이 한다는 것 정도는……. 하지만 사람 목숨이 걸린 일이야. 이번에는 진지하게 힘을 발휘해줘. 작정하고 쓰는 거야! 네 『탐지마법』!"

"…………네."

역시 레나와 다른 멤버들 모두 알고 있었던 듯하다.

마일이 지나치게 편리한 능력을 상용하는 것은 '붉은 맹세'를 위한 길이 아니라고 생각해서, '자신이 없어도 힘들지 않을 정도의 아주 사소한 편리 마법' 이외에는 쓰지 않았다는 사실을 말이다.

그리고 그것을 알면서도 아무 말 하지 않았던 멤버들…….

마일은 결심했다.

이번에는 조금만 덜 신중해지자고.

단, 이번만이다. 다음 일부터는 다시 자중해서, 자신이 언제 사라져도 세 사람이 아무 지장 없이 일을 계속할 수 있을 정도의 편리함만 제공하는 것이다. 마일이 빠져도 훌륭한 헌터로 활약할 수 있도록…….

……다만, 아이템 박스(수납마법)는 제외였다.

그게 없으면 너무 불편하고 돈벌이도 확 줄어드니까.

그렇다, 흔히 말하는 그것이다.

'그건 그거고, 이건 이거다!', '내가 하면 로맨스, 남이 하면 불륜'.

*　*

"……가자."

""""하앗!""""

캄캄한 어둠 속에서 '붉은 맹세' 네 사람이 출격했다.

목표는 수인들의 오두막 다섯 채.

눈은 어둠에 충분히 익숙해졌지만, 수인 중에는 밤눈이 밝은 자가 많다. 게다가 청각과 후각까지 더해지면, 위장용 박스 없이 움직여서는 승산이 별로 없을 듯한 느낌이 들었다.

하지만 따질 때가 아니다. 지금은 자력으로 어떻게든 할 수밖에 없다.

그렇게 생각하고 잔뜩 긴장한 채 나아가는 세 사람.

……그렇다, '셋'이다. 긴장한 사람 말이다.

나머지 하나는…….

'일단 마법으로 냄새 입자랑 공기 진동이 새어나가지 않게 배리어를 쳐뒀으니까, 직접 목격하지 않는 한 괜찮겠지…….'

전혀 긴장하지 않았다.

"의심스러운 건 제일 앞쪽에 있는 오두막이에요. 다른 오두막에 비해 인원수가 적고 대부분 방의 일부에 몰려 있어요. 나머지 부분에는 두 명밖에 없고요. 게다가 몰려 있는 자들의 반응이 다른 자들보다 인간에 가까운 느낌이 들어요……."

사실은 좀 더 자세히 파악했지만 거기까지 설명하는 것은 지나치다. 이 정도면 충분하리라.

마일의 설명에 세 사람은 당연히 '붙잡힌 사람들과 그들을 감시하는 수인들'이라고 해석했다.

"그럼 가자……."

마일의 말에 고개를 끄덕인 레나가 소곤소곤 지시를 내렸다.

다른 멤버도 모두 동의한 후, 길이 확 트여서 개방된 공간에 나가지 않도록 주의하며 살금살금 나무 사이를 지나갔다.

"……엎드려!"

메비스가 돌연 목소리를 죽이며 몸을 확 낮췄다.

다들 반사적으로 엎드리자마자 수인 하나가 바로 옆을 지나갔다.

조금 늦게 숨은 감이 있어 들켰나? 하고 생각했지만 다행히 수인은 아무것도 모르는 눈치였다. 그 뒷모습을 보니, 깃털이 달린 것이…….

"조류 수인이야……."

"아하, 새는 밤눈이 어둡지!"

메비스의 말에 안도의 한숨을 내쉬는 레나.

"새 씨가 야간 순찰을……."

마일은 아무래도 납득이 가지 않았지만, 그렇다고 불평할 수도 없었다.

물론 그들 중에도 조류 수인만 야간 순찰 당번을 빠지는 건 불공평하다고 주장한 자도 아마 있었을 것이다.

그러한, 평등이라는 단어의 진정한 의미를 착각하는 바보는 어떻게 손 쓸 도리가 없는데, 그게 아군이 아닌 적군 쪽에 있으면 무척 감사할 일이다. 대환영이다.

옛날부터 그런 말이 있지 않은가. 가장 무서운 존재는 뛰어난 적군이 아니라 아둔한 아군이라고.

아무튼 경비가 허술하다고 할까, 빈틈투성이라는 점은 고마웠다.

뭐, 수인이라면 모를까 평범한 인간이 한밤중에 칠흑 같은 숲속을 이동하는 것은 상상하기 힘든 일이고, 어두워지기 전부터 넓은 범위로 감시하고 있으니 마음이 놓이기야 하겠지. 감시하는 위치로 볼 때, 아무리 우연이라고 해도 해가 떨어지기 전까지 이곳을 찾아내기란 불가능할 테니까. 그렇다, 누가 길 안내라도 하지 않는 이상은…….

그리고 이곳으로 접근하던 여성 헌터들은 지금쯤 숲의 외곽부에 있는 인간의 마을 쪽으로 곧장 달아났다고 생각하고 있을 테고…….

드디어 목적지인 오두막 근처까지 다다른 '붉은 맹세'는 그늘이 생기기를 기다렸다가 숲에서 튀어나와 재빨리 오두막 벽에 찰싹 달라붙었다.

그 오두막은 다른 네 오두막과 마찬가지로 아무리 봐도 '원래부터 오두막을 지을 생각으로 지은 것'같지는 않았다. 마치 발굴 작업을 할 장소에 있던 성가신 나무들을 베어낸 김에 오두막이나 만들어볼까 하고 급조한 듯 허술하기 짝이 없었던 것이다.

그래서 벽과 지붕 사이에 틈이 살짝 벌어져 있었다.

어쩌면 지은 사람은 '채광 겸 공기 순환을 위해 일부러 틈을 만들어 놓은 거야!' 하고 주장할지도 모르겠지만.

어쨌든 그 틈은 마일이 오두막 안을 들여다보면서 마법을 쏘기에 무척 유용했다. 그저, 그게 전부다.

마일은 벽을 기어올라, 지붕과 벽 사이의 틈새로 안을 확인한 후 마법을 썼다.

"……졸음을 부르는 안개여, 수인들을 휘감아……."

그러자 감시하던 두 수인이 의자에 앉은 채 스르륵 잠들고 말았다.

마일은 몰랐지만, 그렇게 대충 주문해도 뛰어난 효과가 나오는 것은 마일이 유일했다.

다른 사람은 아무리 말로 해도 '사념파가 이미지화되지 않으면 효과가 없다'는데, 마일은 나노머신의 권한 레벨이 5이기 때문에 사념파가 아니라 '말로 하는 지시'도 유효했던 것이다. 그래서 정말 대충 중얼거리기만 해도 나노머신이 작동했다. 그것도 기합을 잔뜩 넣어서.

어쨌든 그 지시는 나노머신들에게 '현재 이 세계에서 유일한 권한 레벨 5인 자의 명령'이니까 말이다.

아무것도 모르는 마일은 '말하면서 생각하면 그대로 받아들여 주나 보다' 하고 단순하게 여기고 있었지만…….

오두막의 출입구는 마일 일행이 있는 벽의 반대쪽, 그러니까 다른 오두막과 작업 장소가 있는 방향에 있었다.

그래서 문을 여닫을 때 실내의 불빛이 밖으로 새어 나와 눈에 확 띄었다.

누군가의 눈에 띌지 모르는 위험을 감수할 수는 없었기에 다들 마일을 따라 벽을 타고 올라가 틈새에 몸을 꾸역꾸역 쑤셔 넣었다.

"……으윽!"

폴린이 신음했지만 레나와 마일은 아무 표정 없이 무시했다.

아마도 몸의 특정 부위가 낀 것이 틀림없다. 몸의 특정 부위가…….

자신들은 순조롭게 실내에 잠입했는데 불구하고, 기분이 몹시 언짢은 두 사람이었다.

"……누구?"

기름과 양초를 아끼려는 의도인지 실내에는 장작이 불타고 있었는데, 불길에 살짝 비친 오두막 구석에서 한 여성의 목소리가 들렸다.

그곳에는 튼튼한 목제 격자를 세워 감옥처럼 만든 공간이 있었다. 그리고 그 안에 사람 십여 명이 갇혀 있었다.

"도둑……, 아니 아니, 수색 의뢰를 받은 헌터입니다."

"어린 소녀들이 무슨 생각으로 이리도 무모한 의뢰를 받았단 말이냐……."

마일의 대답을 들은 중년 헌터가 중얼거렸지만, 의뢰를 받은 시점에서는 일이 이렇게 될 줄 몰랐으니 어쩔 수 없다.

다른 사람들은 이상하다는 표정을 지으며, 잠에서 깰 기미가 보이지 않는 수인들을 쳐다보았다. 하긴, 그것도 무리는 아니다. 상태 조작계 마법과 약물계 마법은 이 세계에 흔치 않으니까.

오두막에 갇힌 사람은 모두 18명. 남자 16명에 여자 2명이었는데 여자 중 한 사람은 아직 성인이 될까 말까 하는 나이로 보였다.

조사대는 호위 헌터 6명에 학자가 2명, 길드 직원이 1명이라고 들었다.

과연 누가 봐도 학자라는 느낌의 사십 대 남자와 보송보송한 느낌의, 온실 속 화초처럼 자란 것 같은 스무 살 전후의 미인이 있었다. 이들이 학자 선생과 그 조수겠지. 복장도 방어구는 보이지 않고, 튼튼하고 활동성이 좋아 보이지만 천으로 된 평범한 옷을 입었다.

또, 씩씩해 보이는 십 대 중반의 여자아이. 가죽 옷을 단정히 입었고, 활동성을 중시하면서도 급소를 지켜주는 최소한의 방어구를 몸에 지니고 있었다. 아마도 이 아이가 길드 마스터의 딸이겠지.

나머지는 호위 헌터와 어쩌다 같이 붙잡힌 일반 헌터들로 보였다. 과연 상태가 이상한 숲에서의 위험한 의뢰를 받아서인지 파티가 모두 남자들로만 이루어져 있었다.

"……시간 여유가 얼마나 되지?"

"괘, 괜찮아요, 보초가 조금 전에 막 교대했으니 아마 새벽 무렵에 교대할 때까지 아무도 안 올 거예요."

레나의 질문에 곧바로 대답하는 여자 조수.

역시 학자의 조수인 만큼 머리 회전이 빨랐다.

"혹시 몰라서 확인하는데, 여러분이 길드에서 보낸 조사대죠?"

마일이 새삼 물었다.

여기서 "아닌데요? 모두 일반 헌터인데요?" 하는 대답이 돌아오는 건 차마 못 볼 광경이리라. 심지어 영도로 귀환한 후에야 그 사실이 밝혀진다면 '붉은 맹세'는 즉사다.

"아아, 그래. 호위는 우리 여섯 명, 학자 둘, 그리고 길드 직원 아가씨까지 총 9명, 다행히 전원이 무사히 모여 있지. 나머지는 다른 곳에 붙잡혀 있는 헌터가 두 조, 각각 9명씩 총 18명이다."

조사대를 포함하여 전원 무사하다는 사실이 확인되자 '붉은 맹세'의 얼굴에 미소가 번졌다.

솔직히 말해서 생존 확률은 2~3퍼센트도 될까 말까라고 여기던 참이었다. 잘하면 시신 수습, 운이 나쁘면 유품의 일부를 회수하거나 적어도 어떤 최후를 맞이했는지 알 수 있으면 좋겠다고 생각했던 만큼 기쁨이 더욱 컸다.

생태계 교란으로 먹이가 줄어들어서 굶주린 마물의 습격을 받아도 전혀 이상하지 않았다. 수인들에게 붙잡힌 것이 오히려 다행인지도 모른다.

사실 행방불명된 파티의 수는 둘이 전부가 아니었다. 그들은 수인들에게 저항해서 죽임을 당했거나, 아니면 강한 마물을 만났거나…….

"자, 일단 여길 빠져나가자. 이야기는 나가서 천천히 들으면 되니까."

""""오케이!""""

레나의 지시에 '붉은 맹세'는 즉시 대답했지만, 잡혀 있던 사람들의 반응이 시큰둥했다.

"하지만……. 상대는 수인인걸? 밤눈이 밝고, 후각도 예리하고, 체력이 좋고, 움직임이 민첩하지. 도저히 달아날 수 없어. 하지만 아직 존재가 드러나지 않은 너희만이라면 놈들도 뒤쫓지 못할 거야. 부탁이야, 이 정보를 길드 쪽과 영주님께 알려줘! 그리고 대규모 전력을 모아……."

"거절합니다."

"엥?"

모처럼 한 제안을 마일이 곧바로 거절하자, 호위 파티의 리더가 말을 다 잇지 못하고 멍한 표정을 지었다.

"그도 그럴 게, 여러분을 데리고 돌아가지 않으면 보상금이 줄어든단 말이에요!"

옆에서 폴린이 맞장구를 치며 고개를 마구 끄덕였다.
"바보야, 너희까지 붙잡히면 정보를 못 알리잖아! 그럼 또 다른 헌터가 조사 의뢰를 받는 대목부터 다시 시작하겠지. 그런 걸 되풀이하다가는 영원히 도움을 못 받는다고!"
쿵
다른 사람이 말하는 사이에 메비스가 손짓해서 사람들을 뒤로 물러나게 한 뒤, 검을 휙 휘둘렀다. 그러자 튼튼한 목제 격자가 깨끗이 절단되었다.
오오, 하고 경악과 감탄하는 목소리가 터져 나오자 살짝 쑥스러워하는 메비스.
갇힌 사람들을 악인의 소굴에서 구출해내는 것.
기사를 동경하는 메비스에게 분명 지금은 무척 행복한 순간이리라.
"엥……."
호위 리더도 눈이 휘둥그레졌다.
아무리 목제라고는 하나 여자가 가볍게 휘두른 검에 쉽게 잘리는 그런 빈약한 격자가 아니었다. 아니, 그럴 것이었다. 그래도 일단은 탈출할지 몰라 격자가 얼마나 단단한지 정도는 미리 확인했던 것이다.
"……말해두는데 여기서 내가 제일 약해."
호위 파티 리더의 시선을 알아챈 메비스가 분위기 파악을 한 건지 못 한 건지 자조 섞인 씁쓸한 미소로 그렇게 중얼거렸다.
"아니에요, 최약체는 저예요……."

워터 커터로 모두의 족쇄를 절단하며 폴린이 끼어들었다.

마일에게 배운 대로 물줄기의 지름을 줄여서 수압을 높이고, 모래입자까지 섞어 위력을 획기적으로 높인 그 절단 방식을 보자 입을 쩌억 벌리는 호위 파티의 리더.

"이러쿵저러쿵 말할 시간 없어! 붙잡히면 그때 다시 생각하면 되지! 자, 가자!"

레나의 말에 고개를 끄덕인 헌터들이 족쇄가 풀린 발목을 살짝 문지른 후 하나둘 일어섰다.

그러자 호위 파티의 리더도 어쩔 수 없이 몸을 일으켰다.

"불을 끄지 않으면 문을 여는 순간 불빛이 새어 나갈 거야. 물 마법으로……."

"아, 정면 쪽으로는 안 갈 건데……, 하지만 뭐, 일단 꺼둘까요?"

리더의 충고를 받아들인 마일이 손을 가볍게 휘둘러 장작의 불을 껐다. 물도 없이 순식간에.

"헉……."

휘익!

이번에는 검을 뽑아 눈에 보이지 않는 속도로 팔을 움직이더니 찰칵 하고 검을 칼집에 꽂았다.

벽에 손을 대고 살짝 미는 마일.

그러자 허리를 굽히면 어른도 쉽게 통과할 수 있는 크기의 구멍이 뻥 뚫렸다.

""""""…………."""""""

"자, 어서!"

왜 그런지 굳어버린 헌터들을 메비스가 재촉하자, 다들 입을 삐끔거리면서도 말없이 구멍을 빠져나갔다.

선두는 마일이었다. 밤눈이 가장 밝고, 탐지마법으로 마물의 존재를 재빨리 파악할 수 있으며 뒤따라오는 사람들을 위해 검으로 나뭇가지를 베어내기 위해서였다. 그 뒤에는 마법 공격 요원으로 레나.

그리고 맨 뒤는 메비스. 후방 공격에 물리적으로 대처하기 위해서다.

폴린은 가운데에 위치해, 측면 공격에 대비하면서 전후방 어디든 바로 투입할 수 있는 태세를 갖추었다.

구출된 헌터들은 무기를 빼앗겨버렸고, 맨손으로는 제대로 싸울 수 없었다. 여성 둘까지 포함해 마술사가 총 네 명 있었지만, 공격마법을 구사할 수 있는 사람은 남녀 각각 한 명씩뿐이어서 지금은 '붉은 맹세'가 모두를 지키는 입장이었다.

뻥 뚫린 장소에서 울창한 나무숲으로 들어가자마자 마일이 아이디어를 생각해내서 사람들의 등에 '마법 축광 물질'을 바른 나무토막을 달았기 때문에, 모두 자신의 발아래를 보고 이따금 앞사람의 등을 슬쩍 보면서 뒤처지지 않고 따라갈 수 있었다. 물론 적의 낌새가 느껴지면 축광 물질을 바른 나무토막을 바로 빼도록 지시해두었다.

캄캄한 어둠 속에서는 보통 형광물질이 그다지 효과가 없어서 '빛을 담아 둔 축광 물질' 아니면 '안에 발광 물질이 섞여 있는 타입' 중에 하나를 쓰기 마련인데, 이 부분은 나노머신에 전적으로 맡겼기 때문에 마일은 둘 중 어떤 방식을 썼는지 알지 못했다.

지구에서의 초기 타입 같은, 라듐이 함유된 방사선 피폭만 아니면 딱히 문제가 없어서 마일은 그런 점을 신경 쓰지 않았다.

수인들의 소굴에서 어느 정도 멀어지자 모두 휴식에 들어갔다. 한밤중의 도주는 체력과 기력을 동시에 심하게 소모시켜서 지치면 효율이 떨어진다. 넘어져 다치기라도 하면 큰일이다. 그렇게 되면 오히려 속도가 엄청나게 떨어지고 말 것이다.

게다가 수인들은 아직 그들의 탈주를 눈치채지 못했으리라.

모두가 쉬는 동안 마일은 적당한 나무를 골라 쓸 만한 나뭇가지를 잘라냈다.

나뭇가지가 충분히 모아지자 엄청난 속도로 그것들을 깎았다. 물론 남들 눈에 띄지 않는 장소에서.

마일은 눈 깜박할 사이에 완성한 그것들을 안아들고 사람들이 쉬고 있는 장소로 돌아왔다.

"여러분, 손에 맞는 걸로 고르세요!"

""""""엥…….""""""

마일이 툭 던진 대량의 목검과 목창을 보고 눈이 점 모양이 된 헌터들.

"도, 도대체 어디서……."

"아, 방금, 만들었어요."

""""""…………."""""""

잠시 정적이 흐른 후, 헌터들은 손에 맞는 검을 묵묵히 고르기 시작했다.

과연, 위험한 의뢰를 받은 헌터들이어서 그런지 순응 능력이 아주 뛰어났다.

목검과 목창은 아무리 목제라고는 하나 단단하고 튼튼한 나무로 만들어져서, 쇠로 된 검을 상대해도 1합이나 2합 만에 꺾이거나 두 동강이 날 일은 없어 보였다. 상대가 상당한 고수로 명검을 가지고 있는 경우를 제외하고 말이다.

게다가 목검과 목창은 걸을 때 지팡이 대신 쓸 수 있고, 나뭇가지나 키 큰 풀을 치울 때에도, 마물이나 동물을 쫓아낼 때에도 유용하다. 또 헌터들은 맨손이면 마음이 불안할 텐데, 목제라도 무기를 쥐고 있으면 그나마 안심이 되리라.

실제로 헌터들의 표정이 조금 전까지보다 훨씬 자신 있어 보였다.

'좋아, 계획대……로…….'

째릿!

마일을 찌르듯이 주시하는 한 쌍의 눈동자.

십 대 중반의 소녀. 그렇다, 길드 마스터의 딸이었다.

왜 저런 눈빛으로 노려보는 것일까…….

자기 또래 혹은 그보다 어린 소녀들의 도움으로 탈출해서, 길드 직원의 체면을 구겼다고 생각하는 것일까? 아니면 아버지인 길드 마스터의 이름에 먹칠하기라도 했다는?

살짝 비위를 맞춰주는 편이 좋겠다.

그렇게 생각한 마일이 소녀에게 말을 걸었다.

"저기, 저희는, 아버님께 그쪽 일을 부탁 받아서……."

"뭐어어어어어어?!"

""""쉬이이이이이잇!""""

돌연 크게 소리를 지르는 소녀에게 모두 일제히 경고했다.

"미, 미안……."

아무리 거리가 멀어졌다고는 해도 목소리를 크게 낸 건 경솔했다. 소녀가 순순히 사과했다.

"그, 그런데 다, 당신들 아, 아버지를 어디서 만난 거야? 어, 어디서, 언제?!"

볼이 새빨개져서, 눈시울이 조금씩 촉촉해지면서 마일의 말에 반응하는 소녀.

"네? 아니, 어디긴요. 영도의 헌터 길드에서, 딸을 부탁한다면서……."

"엥?"

"엥?"

"오잉?"

"저기~……."

그때 뒤에서 목소리가 들렸다.

마일이 뒤돌아보자 학자 선생의 제자, 라고 할까 보송보송한 여자 조수가 서 있었다.

"길드 마스터의 딸은, 전데요……."

"""""헉?"""""

아연실색하는 '붉은 맹세' 일동.

"거짓말! 그런 억센 아저씨한테 이런 딸이 있을 리가 없잖아!"
레나, 예의가 없는 여자다.
"……그런 말 자주 들어요…………."
포기했다는 듯, 지긋지긋하다는 듯, 미묘한 표정으로 고개 숙이는 여자.
"엥? 그럼 그쪽이 학자 선생님의 조수……?"
"아니거든!"
"엥?"
그럼 이 아이는 도대체…….
마일 일행이 혼란스러워하고 있는데 또 뒤에서 목소리가 들려왔다.
"조수는, 전데요."
"학자 선생? 엥, 그럼, 그럼, 설마……."
"맞아! 내가 크레레이아 박사. 너희가 말하는『학자 선생』이야!"
손으로 허리를 짚은 소녀가 잘났다는 듯 몸을 뒤로 젖혔다. 없는 가슴을 당당하게 펴고서.
""""""드워프…….""""""
"엘프거드으으으으은?!"
""""""쉬이이이이이이잇!""""""
"미, 미안합니다……."

제29장 악마의 소행

다시 이동을 시작한 '붉은 맹세'와 조사대 일행.

사실은 처음 휴식 시간에 자세한 사정을 물어볼 계획이었지만, 모두 숨을 돌릴 때까지 기다리고, 그다음에는 마일이 돌아오기를 기다리고, 그다음에는 무기 선택을 기다리고, 그 소동 때문에 시간이 지나서 결국 제대로 상황을 파악하지 못한 채 끝났다.

시간을 너무 허비할 수도 없고, 어차피 앞으로 쉬는 시간이 많이 있을 테니 이야기는 다음 휴식 시간에 듣기로 한 것이다. 일반인은 한밤의 숲을 일렬종대로 걸으며 중요한 이야기를 나누기가 불가능했다.

조금 쉬었다가 한참을 걸었을 때 즈음, 마일은 탐지마법의 이상한 반응을 알아차렸다.

'……갈색?'

적의가 없는 자는 파란색, 적의가 있는 자는 빨간색, 둘 다 아닌 자는 노란색, 그리고 중간인 자는 각 색깔의 중간색으로 표시되는데, 지금 전방에 나타난 표시는 갈색이었다. 아니, 갈색이라고 할까, 황토색이라고 할까……. 심지어 근접한 후에야 표시가 떴다.

진행 방향의 길섶에 정지해 있는 그 갈색 표시까지는 불과 얼마 되지 않는 거리. 조금만 더 가면 시야에…….

……대형 마물 혹은 동물의 똥이었다.

밟는다고 할까, 다리가 푹 들어가지 않게 주의하라는 표시였나 보다. 쓸데없이 편리하지만, ……그래도 덕분에 살았다.

'아, 그렇지!'

순간 좋은 생각이 떠오른 마일이 멈춘 후방 대열에 지시를 내렸다.

"여기, 거대한 똥이 있으니까 조심하세요! 조금만 더 가서 잠깐 쉬겠습니다!"

뒤따르던 사람들은 똥을 조심조심 통과한 후, 적당한 장소를 찾아 휴식을 취했다.

그리고 마일은 다시 되돌아갔다. 조금 전 그 장소로…….

"으음, 흙으로 얇고 무른 용기를 만든 다음 마력으로 바깥 부분을 코팅해 강도를 높이고, 똥을 담아서……."

물론 똥을 직접 만지지 않고 마법을 써서 용기에 담았다.

그리고 마일은 어떤 수상한 행동에 돌입했다.

"방귀 냄새 중에 특히 독한 냄새의 원인이 되는 게 단백질 계통이었나……. 암모니아, 황화수소, 인돌, 스카톨, 휘발성 아민 등의 가스가 어쩌고저쩌고 적혀 있었던 것 같은데……."

용기 속에 아이템 박스에서 꺼낸 것을 몇 가지 담고, 마법으로 변질시켜 한 데 섞었다. 그리고 마지막으로 이상한 조약돌을 그 안에 퐁당 떨어트리는 마일.

그것은 마일표 '오랜 시간 동안 발열하는 마법의 조약돌'이었다.

'24시간 혹은 이 이 용기가 부서질 때까지 계속 발열해'라는 마일의 지시에 따를 수밖에 없는 나노머신들은 조약돌에 달라붙어 용기 속에 퐁당 떨어진 순간 자신의 운명을 깨달았다.

""""으아아아아아악~~!!""""

용기에 뚜껑을 덮은 마일은 다시 용기 전체에 마력을 불어넣어 코팅하고, 그것을 나뭇가지가 달린 부분에 조심조심 고정했다. 그리고 주머니에서 꺼낸 하얀 손수건을 그 나뭇가지에 묶었다.

우회적인 안표인데 무척 눈에 띄었다. 마일의 냄새도 묻어 있어서, 이것을 수인들이 보지 못하고 지날 확률은 상당히 낮았다.

"오래 기다리셨죠?! 자, 그럼 출발합시다!"

사람들이 쉬고 있는 곳으로 돌아온 마일은 아무 일도 없었다는 표정으로 그렇게 말하고는 다시 일행의 선두에 서서 움직이기 시작했다…….

* *

다음 날 아침, 동이 틀 무렵.

야간 보초와 교대하기 위해 포로를 밀어 넣은 오두막에 도착한 아침 보초가 문을 연 순간, 눈에 비친 광경에 할 말을 잃었다.

예리한 도구로 절단한 듯한 목제 격자, 여기저기 널브러진 족쇄 파편, 의자에서 흘러내린 듯한 모습으로 의식을 잃은 야간 보초, 그리고 입구 반대편 벽에 뚫린 반원 모양의 커다란 구멍…….

"타, 탈주다~!!"

보초의 고함이 울려 퍼졌다.

*　*

"제기랄, 그러니까 좀 제대로 된 수용시설을 만들라고 말했잖아!"

급하게 편성된 탈주자 포획대. 그 지휘를 맡은 남자가 달리면서 푸념했다.

그래도 "바로 죽였으면" 같은 말이 나오지 않는 것은 그 남자가 선하다는 증거일까.

하지만 아무리 선하다고 해도 전쟁터에 나가는 병사는 주저 없이 적을 죽인다. 그것이 옳다고 믿으면서 말이다. 선과 악이란 어디까지나 상대적인 개념이며, 그 판단 기준은 생물의 수만큼이나 존재했다.

……아니, 어쩌면 더 많을지도 모른다. 기계 지성(機械知性) 혹은 생물의 영역을 넘은 초월적 존재 등에도…….

편성된 포획대의 인원수는 스무 명.

몰수한 무기가 전부 그대로 있었기에, 숲에서 맨손인 인간을 상대로 싸워 낭패를 볼 수인은 있을 리 없었다. 그래서 열 명만 가도 충분하다고 강력하게 주장했지만, 구출하러 온 자가 있을지도 모르고 그자들의 숫자와 정체도 모른다며 안전을 중시해 두 배의 인원을 내보냈던 것이다.

낮에 물리친 소녀 헌터들의 소행이 아니냐는 의견도 나왔지만, 요격대가 쫓아낸 어린 인간 소녀들이 그런 게 가능하다고는 도저히 생각할 수 없었다.

간단히 쫓아냈다고 말한 요격대원들이 무슨 영문인지 심한 부상을 당하고 돌아온 사실, 그리고 그녀들을 붙잡지 않고 쫓아 보냈다는 점 등에 살짝 의문이 남았지만, 그다지 큰 문제는 아니었다.

딱히 발굴 현장을 들킨 것도, 그 장소가 노출된 것도 아니니까 말이다. 소녀 헌터들이 숲속에서 수인과 맞닥뜨려 혼비백산해서 달아났다. 단지 그것뿐인 이야기였고, 상대에게 위해를 가한 것도 아니니 별로 문제없었다. 필요 없는 포로를 대거 붙잡아두면 서로에게 아무 이득도 없다.

그렇게 생각하는 리더였다.

큰 문제가 일어난 것이 아닌 이상 인간들은 수인에게 쓸데없이 참견하지 않으리라.

별로 양호한 관계는 아니지만 일단은 평화 관계를 유지하고 있으니까. 경솔한 행동으로 전쟁의 원인을 만드는 건 서로 피하고 싶을 터였다.

만약 인간과 수인의 관계가 지금보다 악화된다면 다른 인간들이 원인 제공자들에게 책임을 묻는 것은 당연한 수순이므로 그리 경솔한 짓은 하지 않으리라.

……그 현장만 알려지지 않는다면 말이다.

그러니 달아난 인간들을 반드시 붙잡아야만 한다.

정보가 새어나가도 인간들이 곧바로 움직이지는 않을 것이다.

그러니 얼마간은 시간이 있겠지만, 가능하면 무사히 철수할 수 있는 시간을 확실하게 확보하고 싶다. 앞으로 열흘만 버티면 어떻게든 될 테니…….

인간들은 밤눈이 어두우니 간밤에 그리 많은 거리를 이동하지는 못했을 것이다.

피로가 쌓이고 정신력이 소모되는 비효율적인 행동이라는 걸 알아도 조금이나마 더 많은 거리를 벌리고 싶은 생각에 무리한 결과, 해가 떨어지기 전부터 이미 부상과 피로로 거의 움직이지 못했겠지. 실로 어리석다…….

리더는 이런저런 생각을 하면서 후각과 시력, 그리고 판단력을 평가해 선두 역할로 발탁한 청년의 뒤를 따랐는데, 그 청년이 갑자기 멈추는 바람에 하마터면 몸이 충돌할 뻔하며 겨우 멈춰 섰다. 뒤따라오던 자들도 무슨 일이냐며 몰려들었다.

"왜 그래?"

"다름이 아니라, 저거……."

청년이 손가락으로 가리킨 방향을 보니, 나뭇가지에 어떤 안표 같은 흰 천이 묶여 있었고 굵은 나뭇가지 사이에 항아리 같은 용기가 놓여 있었다.

"……저게 뭐야?"

"글쎄요……."

생각만 해봐야 아무것도 달라지지 않는다. 지금은 시간을 아껴야 한다. 여기서 멍하니 서 있으면 그만큼 녀석들과 거리가 더 벌어진다.

그렇다고 해서 이렇게 노골적으로 수상한 것을 그대로 두고 갈 수도 없는 노릇이었다.

"……이걸 들고 달아나기 힘들어서 나중에 다시 찾으러 오려고 안표를 달아놓은 건가? 우리가 이 정도로 정확하게 뒤따라올 줄 몰라서 이걸 못 볼 거라고 생각한 걸까, 아니면……."

덫인가.

그렇게 생각하면서도 그대로 두고 가기가 망설여졌다.

게다가 저렇게 무거워 옮기기 힘든 것을 굳이 가지고 온 이유를 모르겠다.

수인의 존재는 전혀 모르는 상태에서 조사 혹은 행방불명된 자들을 수색하기 위해 온 자들이 도대체 뭘 가지고 온 걸까?

"……혹시 발굴 현장 부근에서 이걸 찾아낸 건가? 그걸 가지고 돌아가려 했다는? 설마, 우리가 찾고 있던……?"

그렇게 생각하자 이제 결론은 하나였다.

"확인한다! 조심조심 내려놓아라!"

리더의 지시를 받아 청년 몇이 하얀 천으로 표시된 나무 밑동에 모였다.

그리고 160센티미터 정도 되는 나무 위 가지에 놓인 그 용기를 다 함께 살짝 만진 순간, 용기의 마력 코팅이 소멸했다.

파앙!

작렬음와 함께 용기가 터지면서 내용물이 사방에 튀었다.

용기 자체는 흙을 굳혀 만들어 상당히 얇았는데, 진작 터지지 않았던 건 마력 코팅으로 외부에서 받쳐주고 있었기 때문이다.

그게 아니라면 뜨거운 내압이 증가하기도 전에 내용물의 무게만으로 일찌감치 깨지고 말았으리라.

그렇게 얇고 부실한 용기여서 수인들이 파편에 맞아 다치거나 하지는 않았다.

다만.

픽

픽픽……

스무 명 중에 몇 명이 소리도 없이 졸도했다.

눈을 까뒤집고 거품을 물며 경련을 일으키는 자. 실금해서 다리 사이가 축축해진 자. 그리고 차마 말로 표현하기도 꺼려지는 상태인 자…….

우욱!

끄어어어어억!

위 속 내용물을 게워내는 자. 코와 입을 틀어막고, 액체를 줄줄 흘리면서 의식이 점점 몽롱해지고 있는 자…….

"……처, 철수다! 쓰러진 녀석은 끌고 가라! 그냥 두고 가면 죽을지도 몰라!"

십여 초간 토할 만큼 토하고 위액까지 나온 뒤에야 겨우 목소리를 낸 리더의 지시에, 한시라도 빨리 달아나고 싶었던 남자들은 혼신의 자제심을 발휘해 동료에게 달려가서 몸을 잡고 질질 끌기 시작했다.

하지만 정체를 알 수 없는 점액을 뒤집어쓴 동료의 몸은 냄새가 고약했다. 후각이 예민한 수인이 도저히 참을 수 없는 수준이었다. 끌고 가는 쪽도 계속해서 우웩거리며 토해 얼굴은 눈물과 콧물로 엉망진창, 의식을 겨우 붙잡고 있기도 힘들었다. 그중에는 결국 견디지 못하고 쓰러지는 자도 있었다.

"옷을 벗겨라! 호흡은 입으로 해. 의식을 단단히 붙잡아!"

액체가 스며든 옷을 벗기면 그나마 낫다. 그렇게 해서 지체 없이 현장에서 벗어나야…….

이제는 추적이고 포획이고 따질 때가 아니었다.

후각? 모두 며칠 동안은 제대로 쓸 수 있을지.

전투? 토하느라 체력을 너무 많이 소비해서 두 다리로 서 있기도 힘든 상태로?

"이대로 곧장 샘터로 간다. 발굴 현장으로 돌아가는 건 그 후야……."

리더가 목적지를 바꾸었다.

당연하다. 이대로 돌아가면 발굴 현장에 남아 있는 모두 전멸할 것이다.

그 정도로 지독한 냄새였다.

리더는 고통스러운 표정으로 중얼거렸다.

"악마의 소행이다……."

그 무렵, 터진 용기에서 튀어 나온 '다수의 눈에 보이지 않는 존재들'이 엉엉 울면서 전속력으로 샘터를 향해 날아가고 있었다.

*　*

결국 포획대가 발굴 현장에 돌아온 것은 정오가 조금 지났을 무렵이었다. 오두막에 다가가는 것을 금지당한 그들에게서 충분한 거리를 두고 고함치는 듯한 보고를 들은 수인 지휘관은 다시 새로운 포획대를 편성했다.

이렇게 비열한 책략을 썼다는 건 제대로 싸울 상황이 아니라는 뜻이다.

포획대 제2진은 기동성을 중시해서 소수정예 12명이 선발되었다.

……소수정예라니, 표현은 그럴싸하다. 물론 탈주자들의 전력을 대수롭지 않게 본 것도 있지만, 사실은 더 이상 전력을 많이 내보낼 여유가 없었기 때문이다.

어제저녁에 돌아온 요격대의 심각한 부상률. 그리고 지금 막 20명이 전력에서 빠지게 되었다.

전투보다 감시와 정보 수집 쪽에 특화된 자, 그리고 만일에 대비한 방위 전력 등을 제외하면 작업자와 그 보조밖에 없어서 남은 전력이 별로 없었다.

그렇다고 작업자와 잔심부름을 시키러 데려온 여자, 어린애들을 내보낼 수는 없었다. 아무리 상대의 전투력이 낮아도 만일의 경우가 있으니까.

그리고 애초에 자존심이 강한 수인족이, 전사인 성인 남자를 뒤에 남겨두고 비전투원과 여자와 아이들을 싸우게 할 수도 없는 노릇이었다. 그럴 바에야 차라리 일족 멸망의 길을 택할 것이다. 그 정도로 그것은 그들이 고를 수 있는 선택지가 아니었다.

밤눈이 어둡고 연약한 인간, 게다가 헌터가 아닌 일반인까지 동반했다면 숲을 빠져나가는 데 적어도 이틀은 걸리리라.

이미 도망친 지 반나절 가까이 지났지만, 비교적 소수 수인이 전력으로 추적한다면 따라잡는 것쯤은 그리 어렵지 않다. 인간들은 일단 한 번 가수면을 취하지 않으면 체력이 버티지 못하는 반면, 수인은 어젯밤에 푹 쉬어서 하루 반나절 정도는 자지 않아도 끄떡없다. 몇 번 잠시 쉬기만 하면 충분하다.

그렇게 판단한 지휘관은 12명으로 구성된 새 포획대를 출발시켰다. 처음에 갔던 멤버로부터 '절대 다가가서는 안 되는 장소'를 거듭 주의 받은 후에 말이다.

"……이제 곧 나온다. 조심해라……, 으헉!"

포획대 리더가 모두에게 주의를 환기하려던 그때, 드디어 그것이 찾아왔다.

"대피! 멀리 우회해서 간다!"

멀리서 조금씩 풍겨오는 희미한 냄새만으로도 이미 토할 지경이었다.

포획대는 울렁거리는 속을 겨우 다스리며 그 구역을 멀리 우회해서, 도망친 인간들의 냄새를 다시 찾아낼 때까지 상당한 시간을 써야 했다.

*　*

한편 탈주 초반의 휴식 시간을 모두의 체력 회복과 마일의 작업에 다 썼던 '붉은 맹세'는 몇 번째 휴식에 들어갔을 때 드디어 사람들로부터 자초지종을 들을 수 있었다.

어차피 야간에는 이동 효율이 나쁘기 때문에 휴식 시간을 길게 잡았다. 몸이 노곤해서 자칫 발밑에 소홀해 다치기라도 하면 이동 속도가 떨어지고 말기 때문이다.

그래서 긴 휴식 시간에 들어가자 마일은 수납에서 소화하기 쉬운 음식물과 물을 꺼내 사람들에게 나눠주었고, 그 김에 가벼운 식사 겸 설명회가 마련되었다.

설명은 길드 직원인 테피가 진행했다.

테피의 말에 따르면 숲에 이변이 생긴 원인을 알아보기 위해 영주가 아주 조금의 자금을 내서 조사대를 꾸렸는데, 왕도에서 불러온 숲 생태 전문가 엘프 크레레이아 박사와 그녀의 조수, 호위 헌터, 그리고 길드 직원 테피가 거기에 속했다는 것이다.

조사대의 자금은 영주가 대지만 일단 형식적으로는 길드가 주재인 모양이었다.

길드에 재량권이 있다기보다 무슨 일이 생겼을 경우 길드에 책임을 떠넘기기 위해서인 것 같다, 라고 테피가 주장했는데 '붉은 맹세'의 입장에서는 아무래도 상관없는 이야기였다.

그리고 조사대에서 박사가 유일한 여성이기 때문에 그 부분을 배려해 동행하는 길드 직원으로 테피가 손을 들었다고 한다.

거기까지는 '붉은 맹세'도 길드 마스터에게 들어 이미 알고 있는 내용이었다.

"그렇게 해서 조사를 진행하고 있는데, 갑자기 수인들이 우리를 포위해 잡아갔어요."

""""""…………."""""""

아무 말 없이 테피의 말을 경청하는 '붉은 맹세'의 네 사람.

"……이상입니다."

""""""엥?""""""

"……이상이 지금까지의 경위입니다."

""""""짧아! 설명이, 너무 짧앗!""""""

어이가 없어 무심코 마일에게서 배운 '태클 걸기'를 하고 마는 네 사람이었다.

"그, 그 수인들은 뭐야! 거기서 도대체 뭘 하고 있었어?!"

레나가 다시 한 번 물었다.

그렇다, 그것을 확인하지 않으면 이야기가 되지 않는다.

"아, 뭔가를 찾고 있는 것 같던데……. 직접 물어본 건 아니고 어쩌다가 이야기를 엿들었을 뿐이지만요……."

((((……도, 도움이 안 되잖아~!))))

네 사람이 실망하고 있는데 뒤에서 목소리가 들려왔다.

"무슨 발굴을 하나 보던데. 광석 같은 건 아니고, 유적인가 뭔가……. 하지만 아직 아무것도 발견하지 못한 것 같고, 찾는 것이 정말 그곳에 있는지도 확신이 없는 모양이었어. 그냥 여기 있을지도 모른다, 라는 정도로……. 발굴은 비밀인 것 같았고, 자기들도 잘 모르는 눈치던데. 아마 누군가에게 현장 작업을 부탁받은 것일 뿐이겠지."

크레레이아 박사의 설명을 경청하는 마일 일행.

"하지만 비밀인데 박사님은 잘도 들으셨네요?"

"엘프 종족에게 내려오는, 인간과 수인을 상대로 할 때의 비술을 썼거든."

의아해하는 마일에게 박사가 우쭐한 표정으로 대답했다.

"오오, 굉장해요! 그게 도대체 무슨 비술인데요?!"

마일이 눈을 반짝거리며 묻자 매정하게 대하기가 미안했는지, 아니면 그저 단순히 자랑하고 싶었을 뿐인지는 모르겠지만 여하튼 박사가 의기양양하게 설명해주었다.

"이렇게 하는 거야. 이렇게, 양손을 모아 턱 밑으로 가져간 다음 눈동자를 촉촉하게 만들고 말하는 거지. 『저, 심심해요. 아저씨, 재미있는 이야기 좀 들려주시면 안 될까요……?』."

((((우와아아아아!))))

다들 확 깬다는 표정이었다.

박사는 엘프여서 액면가는 15~16살 정도로 보이지만, 실제 나이는 이미…….

'무서워! 엘프, 무서워!'

그리고 남자들은 공포에 몸을 떨었다.

이 세계의 엘프는 일본 만화처럼 귀가 극단적으로 길게 나와 있지는 않다. 그나마 귀가 많이 나온 자도 기껏해야 '스타트랙'의 벌칸족 정도였고, 사람에 따라서는 '인간보다 아주 조금 튀어 나온 정도'인 자도 있었다. 그래서 머리카락으로 가리면 구분이 쉽지 않은 경우가 많았다.

수인들은 아마 박사 역시 마일 일행과 같은 신입 헌터로 여겼을 것이 틀림없다.

마일은 수인들의 지휘관과는 달리 자신들이 '숲 바로 앞에 있는 마을'에 도착하는 데 하루 반나절 정도 걸릴 것이라고 예상했다. 그런 예상은 대체로 들어맞는 편이었다. 도중에 인간관계가 얽히지 않았을 때의 이야기지만.

수인 지휘관의 예상이 틀린 것은 어쩔 수 없었다. 그는 도망자 중에 수인보다 밤눈이 더 밝은 자가 포함되어 앞장서고 있다는 사실, 충분한 물과 식량이 있다는 점, 심지어 그것들을 힘들게 운반할 필요가 없으며 축광 물질에 의한 마킹 등도 전혀 몰랐으니까.

또한, 속도 저하의 원인이 될 줄 알았던 크레레이아 박사와 조수, 길드 직원 테피에게 마일이 확인한 결과는 다음과 같았다.

"숲에 사는 엘프를 우습게 보는 거야?"

"주로 야외 연구를 하는 박사의 조수를 맡고 있다는 게 어떤 의미인지 모르시나요?"

"저는 길드 직원이고, 아버지도 그 모양이잖아요? 일단 C등급 헌터의 자격 정도는 갖추고 있거든요?"

길드 마스터 보고 '그 모양'이라고 했다…….

마일은 사람들이 가뜩이나 포로로 붙잡혔던 데다 자기 직전에 탈출한 것도 있어 체력이 떨어졌기 때문에 중간 중간에 5~15분 정도 짧게 쉬는 것만으로는 마을까지 계속 가기가 어렵다고 판단했다.

계속 깨어 있을 수야 있겠지만 피로가 쌓이고 주의력이 떨어지면서 넘어지거나 발목이 삐는 사람이 속출할 것이다. 그렇게 되면 진행 속도가 훨씬 더 떨어지게 되고 만다.

그걸 방지하려면 일단 몇 시간 단위로 푹 쉬면서 식사와 수면을 취할 수밖에 없다.

만약 추적부대 수인들이 마일의 덫에 걸려 코가 완전히 마비되어서 추적 능력을 상실한다면 발굴 현장으로 돌아가 다른 수인들과 교대하면서 마일 일행이 벌 수 있는 시간은 약 반나절.

또 만약 덫이 별로 효과가 없었을 경우에는 수인들이 냄새를 다시 포착하기까지 몇 시간 정도 걸리리라.

사실 덫은 마일이 상상한 것 이상의 효과를 발휘했는데, 마일은 그 사실을 알 까닭이 없었다.

어쨌든 지금은 모두의 피로가 최고조에 도달할 때까지 최대한 거리를 벌려 두어야 한다. 그 방법밖에 없다.

이렇게 해서 탈출 후 밤길을 걷고, 다음 날도 수인 추격부대에게 따라잡히지 않은 채 무사히 일몰을 맞이한 일행은 겨우 긴 휴식, 즉 제대로 된 식사와 수면을 취할 수 있었다.

그다음 날에는 그럭저럭 안전하게 걸을 수 있을 만큼 날이 밝으면 곧바로 출발해서 '숲 바로 앞에 있는 마을'을 그대로 지나쳐 저녁 무렵에는 영도에 도착할 계획이었다.

지금 상황에서 마을은 절대 안전한 장소가 아니었다. 수인이 다수로 덮치면 그날로 끝이다.

마을 사람들을 위험에 휘말리게 하는 것보다는 영도까지 직행하는 편이 훨씬 낫다.

포로로 붙잡혔던 사람들은 오랜만에 따뜻한 밥을 배불리 먹고, 누워서 잠을 청했다.

조금 전에 식량과 잘 접힌 텐트, 담요 등을 수납에서 마구 꺼냈던 마일, 다 못 먹어서 접시에 남아 있는, 무슨 영문인지 신선도를 유지한 채소와 고기 요리를 번갈아가며 물끄러미 바라보는 로리 할매……, 크레레이아 박사만 제외하고 말이다…….

제30장 격투! 한밤의 전투

해 뜨기 전, 아직 어둑어둑한 시간.

마일 일행은 이미 모두 일어나 딱딱한 빵과 육포, 고형 수프를 뜨거운 물에 녹인 것, 다시 말해서 바쁜 아침의 전형적인 메뉴로 아침 식사를 끝마치고 출발 준비를 하고 있었다.

"……왔어요. 열둘이고 후방이에요. 아직 이곳을 발견하지 못한 것 같고요."

"그걸 어떻게 알아?"

"……헌터가 다른 사람의 특기를 캐묻는 건 규칙 위반이 아닌지?"

"으……, 미, 미안."

호위 헌터가 마일에게 주의를 받고 순순히 사과했다.

예전에 합동 의뢰를 받았던 '드래곤 블레스'와 달리, 그런 면은 제대로 되어 있었다.

하기야 조사대의 호위라는, 경직된 내용에 보수는 적은 의뢰를 받은 지나치게 성실한 파티이니 그럴 만도 하겠지…….

"방어전이야. 그쪽한테 조사대랑 다른 파티 지휘를 맡길게. 한 명도 죽지 않고, 적에게 휩쓸리지 않도록 지켜줘. 다소의 부상은 허용 범위에 있어."

"어, 어이, 잠깐만! 도대체 뭘 어쩔 셈이야! 그리고 원래 전체 지휘는 내가……."

"제대로 된 무기도 하나 없으면서 뭘 어쩌겠다는 거지? 그리고 우리는 『조사대의 수색과 구출』이라는 의뢰를 받았어. 그러니까 구출하기 위해 적을 쓰러트릴 거야. 당신들이 받은 의뢰는 『호위』지? 그러니까 뒤에서 호위하면 돼."

"어이……."

레나에게 반기를 들었던 리더는 자신의 눈에 어린애로만 보였던 레나가 가볍게 일축하자 할 말을 잃었다.

하지만 과연 금속제 무기를 지닌 적을 상대하기에 목검과 목창은 너무 불안했다.

마물과 싸우는 거면 또 몰라도, 대인전에서는 적의 공격을 받아내는 것만으로도 벅차고 제대로 충돌하면 몇 번 만에 꺾이거나 두 동강이 나고 말리라.

"그, 그럼 전위 둘의 검을 빌려주면……."

"적과의 싸움을 앞에 두고 애검을 남에게 빌려줄 검사가 어디 있어?!"

"그야 그렇지……."

메비스가 버럭 화를 내자 어깨를 축 떨구는 리더.

너무 어처구니없는 말이라는 것을 본인도 자각했던 모양이다.

"너무 걱정 안 하셔도 돼요. 그저께도 수인 여덟을 간단히 해치웠으니까……."

"뭐, 뭐라고?"

다독이려고 한 폴린의 말에, 리더가 믿을 수 없다는 표정으로 눈을 크게 떴다.

아마도 그녀들이 오두막에 올 수 있었던 건 수인의 감시망을 잘 피해서였을 뿐이지 적을 맞닥뜨린 적은 없다고 생각했으리라.

"자, 시간이 없어요. 상대는 우리를 발견하는 즉시 포위하려고 들 거예요. 아마 한 사람도 놓치지 않고 몽땅 붙잡아 정보 유출을 막으려고 할 테니……. 이제 와서 도망치려고 해봐야 헛수고니까 이대로 맞서 싸우는 거예요."

"……알았어."

더는 이러쿵저러쿵 말할 시간이 없었다. 리더는 어쩔 수 없이 마일의 말을 받아들였다.

* *

"……찾았습니다! 다들 벌써 일어나 활동을 시작했습니다."

"그런가……."

상대의 이동 속도가 생각보다 빨라서 좀처럼 따라잡지 못해 초조해하던 참이었는데, 숲에서 나가기 직전에 겨우 따라잡았다.

조금 전부터 상당히 가까워졌다는 징후는 있었다. 잘만 하면 상대가 자는 사이에 습격할 수 있을지도 모른다고 생각했는데, 상대는 날이 밝기도 전에 일어나 준비했는지 그 바람은 이루어지지 않았다.

자는 틈에 공격하는 것은 자긍심 높은 수인이 결코 선택하고 싶은 방법이 아니었다. 하지만 정식 전투도 아니고, 도망친 포로의 재포획인 데다가 발굴 현장에 있는 동료들의 안전을 생각하면 무슨 수를 써서라도 절대 놓치면 안 되는 상대였다.

어차피 상대는 무기도 없으니, 이는 '전투'가 아니라 단순한 '포획 작업'에 지나지 않는다. 그래서 상대 쪽에 괜히 부상자가 나오지 않기 위해서라도 지금은 기습 공격을 감행하더라도 수인의 자존심을 해치지 않았다.

수인은 자긍심 높은 종족이다. 일족의 이름, 가문의 이름, 그리고 자신의 이름을 더럽히고 명예가 손상될 바에야 오명을 씻기 위해 죽음을 택할 것이다. 그러니 만약 야간 습격을 감행해야 할 경우, 자긍심 높은 전사로서 창피한 행위가 아닐지 걱정하는 부하들을 안심시키기 위해, 그런 설명을 해서 납득시켰던 것이다.

하지만 결과적으로 잠잘 때 덮치는 계획은 무산되었기 때문에 그런 일로 고민할 필요도 사라졌다. 천만다행이다.

그렇다고 해도 문제될 것은 없다. 상대는 비전투원을 포함해 무방비 상태인 열여덟 명이다. 아무리 구해준 자가 있다지만 정정당당하게 겨루면 평범한 인간은 수인의 적수가 못 된다.

그렇게 생각한 리더는 따라잡은 것에 안도한 나머지 포획에 대해서는 아무 걱정도 하지 않았다.

"좋아, 포위해라. 포위가 끝나면 범위를 점점 좁히고, 모습이 드러난 시점에서 모두에게 항복을 권하는 거다."

아마 상대에게 싸울 생각은 없을 테니 발견, 포위된 시점에서 단념하고 항복하리라고 추측했던 것이다.

잡혀도 위해를 가하지 않고, 그곳에서의 용무가 끝나면 풀어 주리라는 걸 잘 알고 있으리라. 몇 번이나 그렇게 설명했고, 지금까지의 대우를 봐도 그 부분은 믿어 주겠지.

무기도 없는데 목숨이 걸린 모험을 감수하면서까지 저항하리라고는 생각하지 않았다.

과연 그의 생각이 맞았을 것이다.

그곳에 '붉은 맹세'가 없었다면 말이다…….

*　*

"눈으로 확인했어!"

메비스가 소리치자 모두 긴장해서 저마다 무기를 쥔 손에 힘이 들어갔다.

하지만 추격자가 열두 명이라는 것은 '붉은 맹세'로서는 조금 예상 밖이었다. 그보다 더 많이 올 줄 알았기 때문이다.

그저께 싸웠던 여덟 명이 체면 때문에 마일 일행이 얼마나 강한지 생략해서 보고한 것을 예상하지 못했고, 마일을 제외하면 예의 '덫'에 대해서도 모르니 그렇게 생각하는 것도 어쩔 수 없다. 그리고 딱히 곤란한 일도 아니었다.

달아난 자들에게 정체가 들켰다는 사실을 깨달은 수인들이 모습을 드러냈다. 사방을 포위한 형태로 점점 간격을 좁혀오는 수인들.

커다란 나무를 등진 탈주자들 앞에 처음 보는 네 소녀가 그들을 지키듯이 서 있었다.

'저 소녀들이 구출하러 온 자들? 소녀가 넷이라……. 그저께 감시 팀이 보고했던, 내쫓았다는 여성 헌터들인가! 바보 같은 놈들이 뒤를 밟힌 거였군!'

리더는 그제야 탈주가 일어나게 된 배경을 알아차렸다. 하지만 지금은 그런 것을 따질 때가 아니다.

"보다시피 너희는 포위되었다. 괜히 저항하지 말고 항복해라. 제대로 된 무기를 가지고 있는 게 어린 계집 둘 뿐이니 아무리 발버둥 쳐도 소용없어. 너희를 다치게 할 생각이 없다는 건 이미 잘 알고 있겠지?"

도망친 자들이 목제라도 일단은 '무기'라고 할 만한 것을 손에 쥐고 있어서 놀라긴 했지만, 수인들의 리더는 그 감정을 얼굴에 드러내지 않았다. 밀고 당기기에 관해서는 초보 중의 초보였다.

하지만 '붉은 맹세'는 강경했다.

"왜 우리가 도적을 믿고 몸을 맡겨야 하는데? 바보 아니야?"

"야! 우리는 도적 따위가 아니야!"

수인들의 리더가 격앙된 목소리로 소리쳤지만, 레나는 상대하지 않았다.

"숲에서 갑자기 튀어 나와서 짐과 무기를 빼앗고 감금하고. 이게 도적이 아니면 뭔데? 아니면 너희 수인들 사이에서는 그런 도적 행위가 일반적이고, 범죄도 뭣도 아니라는 거야? 그럼 왕도에 가는 대로 그렇게 설명해서 소문을 널리 퍼트려줄게. 수인들의 풍습을 올바르게 전해서 서로 오해가 없도록 해야 하니까. 앞날을 위해서……. 그래, 이 사실을 알려준 수인 대표인 당신의 이름, 가르쳐줄래? 증언자의 이름을 똑똑히 전해야 하니까, 물론!"

"야, 야, 야아아아……."

레나의 무지막지한 말에 말문이 막힌 리더.

그런 헛소문이 퍼졌다간, 수인 전체의 명예가 땅에 떨어지고 만다. 심지어 자신의 이름까지 같이 퍼지는 날에는 자신과 가족은 물론 모든 친족들이 마을에서 살 수 없을 것이다.

하지만 상대의 말은 분명 틀리지 않았다. 이대로라면 자신들 때문에 수인 전체가 오명을 뒤집어쓰게 되고 마는데…….

이렇게 된 이상 반드시 여기 있는 모두를 붙잡아 돌아간 다음, 그곳에서 철수할 때 무기와 짐을 전부 돌려주고 표면적인 사정만 밝힌 후 풀어줘서 오해를 풀 수밖에 없다.

"……별수 없군. 거칠게 다루고 싶진 않았는데, 너희가 그런 태도로 나온다면 어쩔 수 없이 실력 행사를 하겠다!"

"호오, 실력 행사라……."

히죽 웃는 레나.

그 모습을 본 리더가 날카로운 목소리로 명령했다.

"시작해라!"

수인들은 살의가 없어서, 처음에 조사대와 헌터들을 덮쳤을 때도 다치지 않게 배려했다.

이렇게 자신을 죽이거나 다치게 할 생각이 없는 상대에게는 엄청난 우위를 점해서 싸울 수 있다. 예전에 다 함께 이야기를 나눴을 때, 그런 화제가 나온 적이 있었다. 그래서 '붉은 맹세' 역시 힘을 조절해 싸우기로 했다. 폴린만 제외하고.

레나가 말을 장황하게 늘어놓는 동안 주문을 끝내 놓았던 폴린은 자신에게 달려드는 수인들을 향해 즉시 마법을 쏘았다.

"……울트라 핫 샤워!"

쇄아아아!

폴린에게 덤볐던 세 수인들에게 쏟아지는 강렬한 핏빛 물 샤워.

"""으아아아아악!"""

후각이 민감한 수인에게는 정말정말정말정말 견디기 힘든 공격이었다.

땅을 구르는 두 사람.

……나머지 한 사람?

이미 땅에 쓰러진 채 미동도 없다.

12÷4=3

폴린이 담당한 분량은 이렇게 해서 벌써 끝났다.

하지만 혹시 몰라 다음 마법을 영창한 후 보류해두는 폴린이었다…….

"진 신속검, 1.4배다아아!"

수인은 인간보다 빠르고 강하다. 초반부터 전력으로 싸우지 않으면 일대일 싸움도 버거운데, 하물며 수인이 셋이나 되면 순식간에 게임 끝이 아니겠는가.

하지만 그렇다고 수인이 인간보다 몇 배나 빠른 정도는 아니다. 충분히 훈련한 인간과 비교하면 차이는 몇 퍼센트밖에 되지 않는다.

전투 상황에서는 그렇게 사소한 퍼센트의 차이가 승패를 가르지만…….

하지만 메비스에게는 '진 신속검'이 있다.

착실하게 훈련만 해서 몸에 익힌 '신속검'으로는 세 수인을 상대할 수 없지만, 마력 행사를 통해 육체가 강화된 '진 신속검'이라면 자칭 1.4배, 실제로는 '사용 전 메비스의 1.3배, 평균 A등급 헌터와 비교하면 1.15~1.2배 정도'가 되었다. 메비스의 실력이 무척 뛰어나기 때문에 상당한 전투력을 지녔다고 할 수 있었다.

하지만 물론 그렇다고 해서 메비스가 A등급 헌터를 이길 수 있는 것은 아니다. 기술, 경험, 술책, 지구력의 면에서는 비교도 되지 않으리라.

그래도 신체 능력만 믿고 기술 연마에 소홀하기 쉬운 수인을 상대로 한다면 해볼 만한 싸움이다.

게다가 가지고 있는 무기도 차이가 났다.

메비스가 쇼트 소드를 가지고 있는 반면, 수인 쪽의 무기는 도저히 전투용이라고는 생각할 수 없는 손도끼였다. 이는 무기가 도달하는 차이와 돌리는 속도의 차이를 낳아서, 체격 차이에 따른 핸디캡을 확 좁혀 주었다.

그리고 무엇보다도 메비스는 정규 훈련을 쌓아온 검사였다.

민간인을 등 뒤에 두고 하는 싸움이다.

기사를 목표로 하는 자로서, 상대가 아무리 뛰어난 신체 능력을 지닌 적이라 할지언정 오기로라도 절대 질 수 없었다.

"우오오오오오!"

힘이 너무 많이 들어가면 근육이 딱딱해져서 속도가 느려진다.

힘을 살짝 빼고 100퍼센트의 속도를 싣는다. 그러다가 결정적인 순간, 모든 힘을 해방시킨다!

상대가 손도끼를 가지고 있든 그냥 도끼를 가지고 있든, 칼날의 각도가 빗겨나갔든 아니든, 절대 부러질 리 없는 애검에 대한 절대적 신뢰.

그리고 상대가 예상해서 자세를 취하는 순간보다 조금 더 빠르게, 칼날이 살짝 비틀어진 채로 휘두르면 타이밍을 잘못 계산한 쪽의 무기가 튕겨나간다.

이윽고 상대의 몸을 강타하는, 90도로 기울어진 검의 측면.

……양날 검이어서 등으로 때리는 것은 의미가 없었다. 똑같이 죽고 말 테니까.

"크헉!"

"에구구!"

두 수인이 무너졌고, 나머지 하나는 믿을 수 없다는 표정으로 눈을 동그랗게 떴다.

한편 레나는 불리한 상황에서 전투를 시작했다.

직전까지 상대 리더와 말을 주고받던 중이었기 때문에 폴린처럼 미리 주문을 영창해서 보류해둘 시간이 없었던 것이다.

그래서 근접 전투가 특기이고 몸놀림이 재빠른 적을 상대로 사전 준비 없이 근거리에서 싸움을 시작해야 하는, 마술사로서는 절대 피하고 싶은 상황에 놓여 있었다.

하지만…….

"켁!"

스태프의 끝 부분이 배에 꽂히자, 레나를 덮치려던 수인이 움직임을 멈췄다.

""엥……""

그 모습을 보고 여유로운 미소가 그대로 굳어버린 나머지 수인들.

영창하지 않은 마술사, 그것도 인간인 어린 계집애를 제압하는 것쯤 혼자면 충분하다. 그렇게 여기고 태평하게 서서 구경하던 두 수인이 허둥지둥 전투태세에 들어가려고 했을 때는 이미 늦었다.

레나가 스태프를 휘둘러 한 명을 처리하면서 동시에 영창한, 비교적 짧은 그 주문은 이미 완성되어 있었다.

"……핫 인페르노!"

그러자 일어나기 시작한 아주 약한 회오리바람이 수인들을 부드럽기 휘감았다. 살짝 붉은 빛을 띠는 공기를 머금고…….

"""으아아아아악!"""

스태프의 일격을 받아 땅에 무릎을 꿇었던 자까지 포함해 수인 셋이 갑자기 목을 마구 긁고, 꼭 감은 눈 사이로 눈물을 펑펑 쏟아내고, 콧물까지 줄줄 흘리면서 땅을 뒹굴었다.

레나도 일단은 비살상 마법을 쓸 수 있었던 것이다. 마일과 폴린에게 배워서 말이다.

'비살상 마법이면 아군이나 제삼자가 휘말려도 상관없고, 대규모 불꽃마법에 비해 마력 소비량이 적지.'

……레나의 그 말을 들은 메비스는 뭐어어?, 하면서 멈칫한 반면, 폴린은 고개를 끄덕거렸다. 한편 마일은 '비살상에 화려한 마법이라면 「성광의 파괴자(『마법소녀 리리컬 나노하 A's PORTABLE -THE BATTLE OF ACES-』의 등장인물)」라는 멋있는 녀석이…….' 하고 생각하다가 '브레이커(아주 강력한 집속 포격 마법)는 안 돼, 브레이커는! 그걸 맞고 사람이 안 죽을 리가 없어!' 하고 당연한 사실을 깨달아, 레나에게 가르치지 않았다.

……마일은 상식이 있는 소녀였던 것이다.

마일에게 덤빈 세 수인 중에는 리더도 포함되어 있었다.

리더는 보통 가장 강할 테니 '붉은 맹세'에서 가장 강할 것 같고 검사인 메비스를 공격해야 하지 않나? 마일은 그렇게 생각했는데, 야생에서 오는 감인지 모르겠지만 넷 중에 마일이 제일 강하다는 걸 눈치챈 모양이었다. 안타깝게도 얼마나 강한지까지는 감지하지 못한 모양이지만…….

마일이 상대의 손도끼를 검으로 받으려 했을 때, 갑자기 상대의 후방에서 날아온 불덩어리가 마일을 덮쳤다.

"마, 마법 공격?"

그렇다, 수인은 물론 인간보다 마력이 약해서 마법을 잘 쓰지 못하지만, 그건 어디까지나 '일반론'에 불과했다.

마법을 쓸 수 없는 수인이 대부분이고, 쓸 수 있어도 인간의 평균보다 떨어지는 편이지만 모두 그런 것은 아니라는 소리다. 그 중에는 인간과 비슷한, 혹은 인간보다 상급인 자도 있었다. 그저 단순히 비율이 인간보다 낮을 뿐.

그래도 수인족 자체가 인간보다 수가 훨씬 적기 때문에 결국 '마법이 뛰어난 수인은 거의 없다'는 정설을 부정할 수는 없었다.

또, 공격마법을 쓸 수 있는 소수파는 당연히 전투에 동원되었다.

그러니까 리더와 마술사라는 자신들의 최대 전력을 모두 마일 쪽에 투입한 셈이다. 마일을 상당히 높게 평가한 모양이었다.

지금까지의 싸움을 통해 왠지 모르게 '수인은 마법을 못 쓴다'라고 여겨왔던 마일은 갑작스러운 마법 공격에 동요……하지는 않고, 검을 휘두르던 양손 중 왼손을 거두어들여 리더의 손도끼는 오른손에 쥔 검으로 받고, 왼쪽 손등으로는 불덩어리를 가볍게 튕겨냈다.

혹시 모른다며 리더 뒤에서 추가 공격 태세를 갖추고 있던 세 번째 수인의 배에 그 불덩어리가 명중했다.

"""헉……."""

불덩어리를 맞고 뒤로 날아가는 동료를 보며 그대로 얼어붙은 리더와 마술사.

다만 너무 많이 다치지 않게 폭렬 효과를 없앴고, 명중하자마자 불덩어리가 흩어져 사라지게 한 데다가 온도도 확 낮추었다.

아무래도 남자가 날아가 버린 이유는 경악해서가 반, 위력을 죽이려고 스스로 날아간 것이 반이었는지 크게 타격을 입지는 않은 모습이었다.

하지만 마술사는 심하게 동요해서 다음 마술 영창도 하지 못했고, 리더 역시 무기를 맞댄 채 그대로 굳어버렸다.

"하압!"

마일이 검을 얽히게 해서 리더의 손도끼를 튕겨낸 다음 검의 옆면으로 그의 옆구리를 가격했다.

그제야 정신을 차린 마술사는 허둥지둥 공격마법을 영창하려고 했지만, 도중에 흐지부지되고 말았다.

그렇다, 주변 상황을 깨달았던 것이다. 메비스가 적을 세 명째 쓰러트려서, 이제 전투가 가능한 수인은 마술사 그리고 조금 전에 불꽃 마법을 맞고 뒤로 날아간 청년뿐이라는 사실을 말이다.

그 마술사는 이해했다.

더는 자신들에게 승산이 없음을. 그리고 지금 여기서 포획대 중 경상을 입은 최후의 두 사람마저 쓰러지면 동료들은 전멸하리라는 사실을…….

한시라도 빨리 숲에서 탈출하고 싶을 인간들이 제대로 걷지도 못하는 부상자들을 데려갈 리 없다. 그리고 수인과 인간 사이에 전쟁이 일어날 것을 염려해서 죽이지 않고 내버려둔다고 해도, 이런 상태로는 작업 현장에 도착할 때까지 며칠이 걸릴지 알 수 없다.

또 자신들이 돌아오지 않자 걱정해서 수색대를 보낸다고 해도, 구조되려면 과연 며칠이 걸릴지…….

그러는 사이에, 먹이가 확 줄어들어 잔뜩 굶주린 마물과 맹수들이 절호의 사냥감인 죽어가는 수인을 가만히 내버려 둔다는 보장은 어디에도 없다.

그러한 사태를 막으려면 남은 두 사람이 반드시 건재해야 한다. 그래서 청년을 작업 현장에 보내 이 사실을 알리게 하고, 자신은 힘이 있는 한 치유마법을 써서 동료들을 치료하고 마물들로부터 보호하면서 구조를 기다리는 것이다.

물론 생각대로 잘 될지는 알 수 없다. 인간들이 전쟁을 불사하고 모두 죽여 버릴지도 모르는 일이다. 먼저 공격한 쪽은 수인이므로 정당방위라고 주장할 수 있고, 그렇게 하면 인간과의 전쟁을 바라지 않는 수인 측이 물러날 가능성이 상당히 높았다.

하지만 다른 선택의 여지가 없었다.

지금 상황에서 제대로 대화가 가능한 것은 마술사와 청년뿐.

그 말은 마술사가 현재, 부대의 책임자라는 것을 의미했다.

마술사는 결심한 후 큰 목소리로 소리쳤다.

"항복한다! 죽이지 말아줘!"

"자, 어떻게 할까……. 모두 끌고 가기는 힘들고……."

"죽이면 되지 않나요?"

레나가 고민에 빠져 있는데, 폴린이 대수롭지 않다는 듯 말했다.

결박된 수인들이 동요했다.

물론 진심으로 한 말은 아니다. 수인들이 얕보지 않게 살짝 겁을 줬을 뿐이다. 그리고 폴린의 즐거움을 위한 것도 조금 있었다.

"잠깐만!"

수인들이 아니라 호위 파티의 리더가 초조한 듯 이의를 제기했다.

"상황도 잘 모르는데 그건 너무 심하지. 자칫 잘못하면 수인과 전면적인 전쟁으로 이어질 수도 있다고. 지금은 좀 원만하게……."

아무래도 같은 편까지 진심이라고 생각한 모양이었다.

"어떻게 할지는, 우리의 질문에 솔직하게 대답하는지 아닌지에 달렸어."

하지만 레나와 폴린의 충분한 협박에도 불구하고 수인들의 입은 무거웠다.

오랜 시간에 걸쳐 이런저런 방법을 써가며 신문했지만 조사대와 헌터들을 붙잡은 이유도, 그 작업장에서 뭘 하고 있는지도 일절 털어놓으려고 하지 않았다.

뭐, 모두를 붙잡은 이유가 그 작업장에 대해 발설하는 것을 막기 위해서임은 굳이 들을 것도 없지만…….

고문을 할 수도 없어서 다들 난감해하고 있을 때 옆에서 마일이 끼어들었다.

"여러분, 이제 와서 그런 걸 발굴해서 도대체 뭘 하려는 건가요? 그분들에게 부탁이라도 받은 모양인데……. 실컷 이용만 당할 뿐이라는 걸 모르시나요?"

"앗! 네, 네가 그걸 어떻게? 그리고 그분들은, 그런 짓을……."

"바, 바보야! 말하지 마!"

무심코 낚여서 입을 연 젊은 수인에게 마구 화를 내는 리더. 그리고 그 모습을 보고 씨익 웃는 마일. 그저 크레레이아 박사에게

들은 이야기를 확인했을 뿐인데, 정보의 신뢰성이 대폭 향상되었다는 점은 의미가 크다. 이렇게 해서 그들의 목적은 아직 확실하지 않지만 의도는 거의 확실해졌다.

"더 이상은 고문이라도 하지 않는 이상 무리일 것 같네요……."

"그러네. 그럼 죽일까."

""""""어이어이어이어이!""""""

마일의 말에 레나가 아무렇지 않게 대답하자 일제히 반발이 날아 들어와, 천하의 레나도 불만스러운 표정으로 소리를 빽 질렀다.

"농담인 게 뻔하잖아!"

하지만 모두가 마음속으로 낸 목소리는 하나였다.

((((전혀 농담처럼 안 들렸거든!))))

그리고 수인들은 새파랗게 질려 몸을 덜덜 떨었다.

"실은 두세 명 정도는 데리고 가고 싶은데 말이지. 그렇게 하면 탈환부대가 올 수도 있고, 자기들이 저지른 짓은 생략하고『인간들이 동료를 납치했다』같은 트집을 잡아서 수인과의 사이에 전쟁이 일어날 가능성이 있지."

호위 파티의 리더가 모두에게 그렇게 말한 후 수인들을 쳐다보았다.

"너희도 알고 있나? 겨우 안정된 인간과 수인 사이에 싸움이 재발할지도 모른다고! 또 많은 목숨이 사라질 거다. 여자도 아이도 휘말려서, 이번에는 몇백 명, 아니 몇천 명이 죽게 되겠지……. 전부 너희 때문에! 그래, 너희가 죽인 거야. 인간도, 수인도, 여자도, 아이도! 알겠냐, 이놈들아! 이, 전쟁광 같은, 바보 놈들아!"

인간에 비해 표정을 읽기 어려운 수인이었지만, 지금은 확실히 읽혔다.

경악, 낭패, 꺼림칙함, 그리고 반발.

"아니야! 우리는 그럴 생각이……."

"입 다물어!"

젊은 수인이 변명을 늘어놓으려는데, 리더가 막았다.

"더는 아무 말도 하지 마라! 리더로서 명한다. 이 시간 이후로 나나 족장의 허락이 떨어질 때까지 인간에게는 단 한마디도 하지 않는다!"

명령의 해제권자에 족장도 넣은 것은 자신이 살아서 돌아가지 못할 경우에 대비해서이다. 그렇게 하지 않으면 부하들은 앞으로 평생 말을 할 수 없게 된다. 무리로 행동 중일 때 리더의 명령에는 그만큼의 권한이 있었다.

족장에게도 해제권을 주면 설령 모두 돌아갔을 때 지금의 족장이 죽는다고 해도 후계자인 다음 족장이 해제해주면 된다.

만약 일족이 전멸한 경우에는 다른 씨족에게 권한을 넘겨 그 족장에게 명령 해제를 부탁하면 그만이다. 구속력이 강한 만큼 그 정도의 융통성은 발휘할 수 있었다.

"아~……."

호위 헌터의 리더가 어깨를 축 떨궜다.

"안 되겠다. 이 녀석들, 더는 아무 말도 안 해……. 설령 고문을 한다고 해도, 견딜 수 없는 순간이 오면 자해하겠지."

"허억?! 그게 무슨!"

"어쩔 수 없잖아. 수인은 원래 그런 녀석들이라고!"

레나가 항의했지만 그런다고 해결될 일이 아니었다.

"전부 놔두고 가자."

""""허어어어어어억~?!""""

호위 파티 리더의 발언에 깜짝 놀라는 '붉은 맹세'의 네 사람.

그것도 무리는 아니다. 모처럼 붙잡은 범인이자 정보원이 아닌가. 적어도 두세 명은 포로로 끌고 가는 것이 당연하다. 아마 보수 금액에도 큰 영향을 주겠지.

"어, 어째서요?! 가능하면 두세 명, 안 되면 적어도 한 명만이라도!"

폴린이 물고 늘어졌지만 리더의 대답은 변하지 않았다.

"생각해봐라. 비협조적이고 덩치는 산만 한 수인을 끌고 영도까지 간다고? 그것만으로도 충분히 귀찮은데, 저 봐라, 아까부터 몇 번이나 말했지만……."

"탈환부대랑 트집잡히는 거랑 전쟁?"

"그래, 그거다."

마일의 말에 고개를 끄덕이는 리더.

"그리고 어차피 더는 아무 말도 안 할 거다. 자해라도 했다간 책임 문제가 불거져. 너희, 책임질 수 있나?"

""""""윽……."""""""

그 말을 듣자 강하게 나올 수 없었다. 천하의 마일 일행도 자신이 소중했으니까.

“자, 잠시만 기다려 주세요!”

그렇게 말한 마일 일행은 다른 사람들과 조금 거리를 두고, 자기들끼리 속닥거리기 시작했다.

몇 분 후.

“오래 기다리셨죠?!”

‘붉은 맹세’가 회의를 끝내고 모두가 있는 곳으로 돌아왔다.

“알겠어요. 수인들을 모두 여기 두고 가도록 하죠. ……산 채로.”

‘붉은 맹세’를 대표한 마일의 말에 호위 헌터 전원과 길드 직원 테피, 그리고 수인들 사이에 안도하는 분위기가 흘렀다.

일반 헌터 아홉 명과 크레레이아 박사, 그리고 남자 조수는 아무래도 상관없는 이야기였는지 별로 관심도 없어 보였다.

“그런데 수인 씨.”

마일이 수인의 리더에게 말을 걸었다.

다른 자는 말을 못 하니 달리 선택지가 없었다.

“괜한 싸움을 피하고 싶은 마음은 마찬가지라고 생각해도 되겠죠?”

리더가 고개를 끄덕였다.

“그럼 인간 측이 병사를 이끌고 가기 전까지 철수하면 모두 원만하게 해결되지 않나요? 영주님은『불법침입 당했다』면서 불같이 화를 내겠지만, 그런 거야 아무래도 좋으니까요. 그래서 언제쯤이면 철수할 수 있죠?”

“……나도 몰라.”

“오잉…….”

수인 리더의 대답에 당혹스러운 표정을 짓는 마일.

“어쩔 수 없잖아. 뭔가 발견됐을 경우에는 어느 정도나 찾아야 일이 끝날지, 또 아무것도 발견 못 했을 경우에는 언제까지 찾아보고 포기해서 철수할지 아무것도 결정된 게 없고, 아무런 지시도 받지 못했으니까…….”

“아아~…….”

마일 일행이 싸움을 피하고 싶어 한다는 것을 알았는지 정보를 살짝 흘리는 수인의 리더였는데, 이야기가 영 시원찮았다.

“……어쩔 수 없네요. 레나 씨, 폴린 씨, 뼈가 으스러지도록 수고 좀 해주세요.”

두 사람은 마일의 말에 고개를 끄덕이고는 포박된 수인들에게 다가갔다.

그리고…….

뿌직!

“으아아악~!”

뿌지직!

“우에에엑~!”

마일이 부탁한 대로 일을 시작했다.

……그렇다, 말 그대로 ‘뼈를 부러뜨리는 일’이었다.

주로, 다리 쪽을 말이다.

"이, 이이이, 이게 무슨 짓이야!"

아무래도 말이 좀 통하는 소녀가 주도권을 쥐고 있는 것 같아 안심했던 수인의 리더는 그녀가 말도 안 되는 지시를 내리자 당황하며 고함을 질렀다.

"아니, 그러니까, 『뼈가 으스러지도록 수고』를……."

"그게 아니지! 아, 아닌 건 아니지만, 아무튼 그게 아니라고!"

무슨 말인지 못 알아들어서 어리둥절해 하는 마일.

"엥? 서둘러 철수해주신다고 하면 여러분을 빨리 돌려보내려고 했는데, 그게 불가능하다니까 그럼 여러분의 동료에게 정보가 전달되는 걸 최대한 늦추게 하는 게 당연하잖아요? 그래서 이동속도가 떨어지도록 다리를 분지르는 게 좋겠다고……."

당연한 걸 왜 묻느냐는 표정으로 마일이 대답하자, 수인들은 괴물이라도 보는 듯한 눈빛으로 아연하게 쳐다보았다.

"히익……그, 그만……."

뿌직

"으아아악!"

이 세계에는 치유마법이라는 것이 있다.

만약 그게 없다면 마일도 이렇게 무모한 생각은 하지 않았겠지. 세상에는 '후유증'이라는 말이 있으니까…….

깨끗한 단독 골절 혹은 단순 골절의 경우 맨손으로 뼈를 맞추면 완전히 나을 가능성이 높지만 절대적이지는 않고 관절부에 영향이 갔다면 후유증이 남을 가능성이 있다. 하지만 치유마법을 쓰면 그럴 걱정이 거의 없다. 그리고 수인들에게도 마술사가 있다.

질……

"엥?"

질질질……

"에에에엥?"

마일에게 발목을 붙잡혀 이번에는 자기 차례인가 하고 눈을 질끈 감으며 고통이 오는 것을 기다리던 마술사 수인은 자신을 그저 질질 끌고 멀리 가기만 하자 의아해했다.

"파이어 월……."

"마력의 회오리여, 역으로 휘감아 나를 보호하라, 『매직 실드』!"

갑자기 마일이 영창 없이 마법명만 말해서 공격마법을 쓰자, 마술사 수인은 즉시 단축 영창으로 방어마법을 구사했다. 지금은 효율보다도 신속함이 절대 우선이었는데, 이 마술사에게 무영창이나 영창 생략은 너무 허들이 높아 단축 영창이 한계였다.

마일이 일부러 천천히 마법을 발동시켰기 때문에 불꽃 벽이 방어마법에 막혀 마술사에게 닿지는 못했지만, 불꽃 벽으로 사방을 막아서 마술사가 계속 방어마법을 쓸 수밖에 없었다. 언제까지가 될지 모르는, 마일의 공격마법이 힘을 잃을 때까지…….

마술사 수인과 리더는 마일의 의도를 잘 알았다.

마술사의 마력이 충분히 남아 있으면 치유마법을 쓸 수 있다. 그럼 온힘을 다해 수인 중 하나를 치료한 다음 그자를 전령으로 보낼 것이다. 그리고 마술사는 여기 남아 마력을 회복할 때마다 수인들을 순서대로 치료해주면 그만이다.

만약 마수가 나타나도 마술사, 그리고 그때까지 치료받은 자가 열심히 맞서면 어떻게든 내쫓을 수 있으리라. 수인인 만큼 설령 한쪽 다리가 부러졌다고 해도 전투력이 완전히 상실되진 않았을 테니까.

……조금이라도 시간을 벌어 수인들의 대응을 늦추게 하는 것.

그렇다, 마일은 단지 그걸 위해서 마술사의 마력을 소진하게 만들 계획이었던 것이다.

"으, 으, 으윽……."

힘들어하는 마술사로부터 시선을 뗀 마일이 다른 수인들 쪽을 보자, 레나와 폴린이 이미 일을 다 마친 상태였다. 두 사람의 얼굴에 '성취감'이 가득했다. 보기 좋은 미소였다.

참고로 메비스는 그 작업에 끼지 않았다. "기, 기사를 꿈꾸는 자로서 아무런 저항도 못 하는 자들에게 위해를 가하는 건 도저히……" 하고 내키지 않아 하자, 레나가 "아, 그럼 하지 말든지" 하고 쿨하게 받아들였던 것이다.

메비스의 마음을 단련시키기 위해서라도 억지로 하게 하는 편이 좋았겠지만, 레나도 사실은 마음이 여렸다.

"이, 이, 『인간』 놈들……."

수인의 리더가 분하다는 듯 중얼거렸다.

다른 수인들은 말이 금지되어 있어서 투덜거리지도 못했다.

한편 그가 여기서 말한 '인간'이란 '악마'보다 더 악질을 가리키는 듯했다.

……과연 수인인 만큼 '짐승 같은 놈'이라는 단어는 쓰지 않

았다.

"한쪽 다리라도 얼마간은 괜찮겠죠? 개방골절이 아니니 피 냄새도 안 날 테고, 다친 모습을 마물들의 눈에 안 띄게만 하면 이렇게 많은 수인을 덮치려고 할 마물은 그리 많지 않을 테니까요. 그럼, 열심히 해보세요!"

그렇게 말한 마일은 다른 사람들에게 출발 준비를 재촉했고, 곧바로 모두 함께 출발 길에 올랐다. 골절상을 입은 수인 열두 명을 그 자리에 남겨두고.

물론 출발 전에 마력이 다해 불꽃에 삼켜지기 직전인 마술사를 구해주는 것도 잊지 않았다.

그리고 그의 한쪽 다리를 부러트리는 것도…….

"……젠장, 악마 같은 계집애들!"

수인들의 리더가 독설을 내뱉었지만, 본인도 잘 알고 있을 것이다. 이번 일은 자신들이 완전한 악역이라는 것을.

어쨌든 인간의 구역에 멋대로 침입해서 무단으로 활동한 것도 모자라 민간인을 납치하고 감금까지 했다.

그녀들은 피해자 수색 및 구조라는 숭고한 임무를 이행했을 뿐이고, 자신들은 그걸 힘으로 막으려고 했다. 그녀들이 말한 것처럼 도적과 별반 다를 게 없다.

물론 이쪽에도 숭고한 목적이 있고, 붙잡은 사람들이게 도적짓을 할 생각은 눈곱만큼도 없었다. 하지만 잡힌 사람들의 입장에서는 그들이 무슨 생각을 하든지 알 바 아니고, 그냥 도적 그 자체였으리라.

그렇다, 도적으로 간주되어 모두 죽임을 당하더라도 불평 한마디 할 수 없는 입장이었던 것이다. 그런데 다리를 부러트리는 선에서 봐주었으니 오히려 감사할 일이었다.

그밖에 검의 옆면에 배를 맞아 팔과 갈비뼈가 부러진 수인도 있지만, 나중에 치유마법을 써서 고쳐주면 된다. 그러니 정말 화내서는 안 되었다.

자신들의 이번 행동은 한 점 부끄러움도 없는 목적을 위해서이니 수인의 명예를 해치는 부끄러운 행위가 아니다. 그렇게 부하들에게 설명했고 자신 역시 그렇게 믿었지만, 역시 속으로는 마음이 복잡했다.

그리고 자신들이 임무에 실패, 심지어 나이도 얼마 안 되는 인간 소녀 넷에 졌다는 사실은 상당한 문제가 있었다.

하지만 지금은 그것보다 먼저 생각해야 할 것이 있다.

"본즈, 일단 넌 최선을 다해 쉬어라! 그렇게 해서 한시라도 빨리 마력을 회복해. 네가 치유마법을 쓰지 못하면 아무것도 안 되니까!"

"네, 아, 알겠습니다……."

리더는 남자 마술사에게 일단은 회복에만 집중하라고 지시를 내렸다.

문제는 그의 마력이 회복되었을 때였다.

'……제일 처음에 다리를 치료한 자를 전령으로 보낼까? 하지만 혹시 마물이나 맹수에게 습격이라도 당하면? 제대로 움직일 수 없는 자들만으로 여기서 벗어날 수 있을까. 차라리 처음 몇 명은 여기를 지킬 전력으로 남겨두고 네 번째로 치료한 사람을 전령으로……. 아니, 하지만 그렇게 하면 연락이 닿기까지 하루가 완전히 밀린다. 도대체 어떻게 해야…….'

정성스럽게도 마술사 본즈의 다리까지 뚝 부러뜨려 놓은 어린 계집애들 덕분에 "우리 걱정일랑 하지 말고 빨리 이 사실을 알려라!" 하면서 당장 본즈를 보내지 않아도 된 점은 오히려 고마웠다. 만약 그런 선택지가 있었다면 리더로서 고통스러운 선택을 강요받을 뻔했으니까.

그렇다, 어쩌면 평생 후회하게 될지도 모를 선택을…….

'설마 그걸 배려해서 본즈의 다리까지 부러뜨린 건가? 내가 나중에 괴로워하지 않도록……? 아니, 그건 말도 안 돼! 어린 인간 계집애 주제에 우리 수인에게 그런 배려를 하다니…… 그저 단순히 모두의 다리를 분질러 놓은 것일 뿐이야. 그게 당연하잖아…….'

리더는 그렇게 생각하면서도, 종잡을 수 없는 미소를 짓던 살짝 어리바리해 보이는 소녀의 얼굴을 떠올렸다.

하지만 소녀가 신경 쓰이는 것도 어쩔 수 없는 일이었다.

수인은 원래 강한 자에게 끌리는 성질이 있었고, 어린아이를 지키려는 본능도 가지고 있었다.

그래서 마일과 레나가 신경 쓰이는 것은 당연했다.

메비스와 폴린? 성인은 모든 일을 스스로 책임져야 하므로 반려자로 점찍은 사람 이외에는 전혀 신경 쓰지 않았다.

한편 그때 마일은 물론 아무 생각이 없었다.

마력이 동 난 남자를 파이어 월에서 해방시켜주었을 때, “아, 맞다. 아직 안 부러트렸네?” 하고 반사적으로 다리를 분질렀을 뿐이었다.

그런데 왜 하필 다리를 부러트렸을까?

그건 그냥, 거기에 다리가 있었으니까.

제31장 영도로

무사히 숲을 빠져나온 마일 일행과 나머지 18명은 영도로 향하는 큰길 위에 있었다.

큰 길이라고 했지만 마차 한 대가 겨우 지나갈 정도의 시골길이어서, 마차끼리 서로 지나치거나 방향을 틀려면 곳곳에 마련된 대피 공간을 이용하는 수밖에 없었다.

당초 예정대로, 예의 '숲 바로 앞에 있는 마을'에 들르는 것은 그만두었다.

이제 수인 추적부대를 걱정할 필요는 사라졌지만, 신문하는 데 생각보다 많은 시간을 썼기 때문에 마을에 들르면 해가 지기 전에 영도에 도착하기 힘들었다. 그리고 그 결정에 불평하는 자는 아무도 없었다.

"포로가 있으면……. 포로가 있으면 보수 금액이……."

"아~, 시끄러워라! 알겠다고, 누님들이 포로를 잡았는데 우리 사정으로 풀어줬다고 꼭 말할 테니까! 정보도 조금 얻었고, 그만큼 보수를 더 받을 수 있도록 흥정해줄 테니까! 그렇지? 길드 누님? 그렇게 하면 되겠지?!"

"그, 그래요. 저도 한마디 거들게요!"

폴린이 끝없이 푸념을 늘어놓자 호위 리더가 졌다는 듯 확정되지도 않은 약속을 덜컥 하고 말았다. 그러고는 만약 그 보고가 받아들여지지 않으면 어쩌지 하면서, 수인의 다리를 분지르던 폴린의 광기 어린 모습을 떠올린 리더가 몸을 파르르 떨었다.

"……그런데 박사님……."

걸음을 옮기면서 마일이 갑자기 말을 걸자 크레레이아 박사가 뒤돌아보았다.

"저기, 헌터 길드 왕도 지부의 티리자 씨를 아시나요?"

"아~……."

마일의 질문에 박사는 또냐, 하는 표정을 지었다.

"그 질문을 받은 게 벌써 몇 번째인지……. 그 아이, 어려 보이니까 엘프 혹은 하프 엘프라고 생각하는 사람이 많은 모양이던데, 부모님이 두 분 다 평범한 인간이야……. 뭐, 몇 세대인가 전에 엘프의 피가 섞였고 그게 이어져 내려왔을 가능성은 있겠지만, 일단은 순혈. 평범한 인간이지."

""""네에에엣?!""""

마일 일행뿐 아니라 길드 마스터의 딸이자 길드 직원인 테피, 그리고 호위 헌터들도 깜짝 놀랐다. 아무래도 티리자는 그 방면에서 상당한 유명인인 듯했다.

"아아……. 길드에서는 개인적인 일을 미주알고주알 물어보는 게 법도에 어긋나니까 아무도 물어보려고 하지 않았지만, 다들 그녀가 엘프 아니면 하프엘프라고 생각했는데……."

아연실색하는 테피.

여성에게 젊음을 유지하는 비결은 천금의 가치가 있다. 상대가 엘프라면 단념하겠지만, 같은 인간이라고 하면 그 젊음이 질투나기 마련이다.

"으으윽……."

꼭 지뢰라도 밟은 것 같은 모습이었다.

왕도와 이곳 헬모르트는 그다지 멀지 않다. 이 세계에서는 편도로 5일이 걸리는 거리가 '비교적 가까운' 것이다. 게다가 한쪽은 왕도. 그러니 길드 직원 사이에 교류가 있어도 이상하지 않았다.

"그 여자……."

고개를 푹 숙인 채 혼자 중얼거리는 테피의 모습이 조금 무서워져서 허둥지둥 거리를 벌리는 마일이었다.

그리고 저녁.

해지기 전에 겨우 영도 헬모르트에 도착한 일행은 그대로 길드 지부로 향했다.

도중에 일행을 본 몇몇 헌터가 한발 앞서 길드 지부로 달려갔다. 아마도 테피와 호위들 그리고 함께 구출된 헌터들 중에 아는 사람을 길드에 알려주려는 것이리라.

일행이 길드에 도착하자.

"테, 테피이이이이!"

길드 건물 앞에서 기다리고 있던 길드 마스터가 눈물 콧물 범벅이 된 얼굴로 두 팔을 활짝 펼치고 전속력으로 달려왔다.

"테피이이!"

껴안기 직전에 테피가 몸을 휙 피하는 바람에, 눈물에 가려 앞이 잘 보이지 않았던 길드 마스터는 그대로 테피의 뒤에 서 있던 크레레이아 박사를 와락 껴안았다.

"으아아아아악~!"

*　*

"……그렇게 된 것입니다."

마일이 보고하자, 새빨갛게 부어오른 두 볼에 화려한 손톱자국이 생긴 길드 마스터가 고개를 마구 끄덕였다.

……위엄이고 뭐고 없이.

마일이 한 것이 '의뢰 완료 보고'였기 때문이다.

'붉은 맹세' 중에서 이번 사건의 모든 내용을 가장 잘 파악하고 있는 마일이 보고를 맡은 것은 당연했다. 다른 세 사람은 평소에는 마일을 '조금 안타까운 아이'로 취급하지만, 보고를 정리하거나 설명하는 능력이 자신들보다 뛰어나다는 것은 자각하고 있었다.

그리고 조사대의 보고는 마일 일행이 보고를 마치고 물러간 후에 천천히 진행될 예정이었다.

"……이후에 조사대의 보고를 받은 다음 곧바로 영주님께 말씀드리러 갈 거야. 보수 금액은 그때 상의해서 결정하도록 하지. 내일 다시 여기로 와주길 바라네. 이번에는 정말 고생 많았어. 모두를 구해준 것, 절대 잊지 않으마……."

사실은 딸을 구해준 것, 이라고 콕 집어 말하고 싶었겠지만 지금은 길드 마스터로서 하는 발언이었기 때문에 이렇게 표현할 수밖에 없었으리라.

그 점을 꿰뚫어 본 '붉은 맹세'의 네 사람은 고개를 꾸벅한 후 회의실을 빠져나왔다.

"……끝났네요."

"정말 끝났네……."

의뢰주조차 기대하지 않았을 조사대의 전원 귀환. 게다가 행방불명이 된 헌터의 과반에 가까운 수를 구출. ……나머지 헌터들은 자기 구역에서 쫓겨난 처지가 되어 신경이 잔뜩 곤두선 마물 혹은 다른 뭔가에 의해 희생이라도 당했으리라. 과반수를 구한 것만으로도 훌륭한 성과였다.

이보다 더 좋을 수 없는 의외의 성과에 메비스와 폴린도 만족스러운 표정을 지었다.

"그럼 오늘 저녁은 돈을 평소보다 세 배 더 써서 특별한 초호화 식사를 하자. 알겠지?"

""""하앗!""""

레나의 제안은 만장일치로 가결되었다.

* *

다음 날, '붉은 맹세'의 네 사람은 잠에서 깨자마자 헌터 길드를 찾았다.

물론 보수를 받기 위해서였다.

받을 것을 받고 나면 곧장 왕도로 출발할 예정이었다.

접수창구에 가니 이야기가 이미 잘 되었는지 금방 돈을 받았다.

"조사대 구출 보수, 마물 생태권 변동 원인 해명, 그리고 중요 인물인 크레레이아 박사의 구출에 대한 특별 보수. 그리고 일반 헌터 아홉 명의 구출에 대해서는 약소하지만 헌터 상조회에서 준 보상금과 본인들이 낸 사례금이 지급됩니다."

"됐어, 사례금은. 무기를 잃어버려서 힘들 테니까……."

레나의 말에 폴린도 고개를 끄덕였다.

수전노 폴린의 그런 모습을 본 마일은 아연실색했다.

'미, 믿을 수 없어! TV 도쿄가 특별 방송을 편성하는 건 지구가 멸망할 때라는 말이 있는데, 그에 필적할 정도로 희귀해!'

TV 도쿄란, 걸프 전쟁이 일어나든 대재난이 발생하든 아무렇지 않게 정규 방송을 계속해서 내보내는 경이로운 방송국이다. '서쪽에는 SUN TV, 동쪽에는 TV 도쿄'라는 말이 나올 정도로 일본이 자랑하는 방송국계의 모험가, 아니 용사였다. 그리고 마일은 전생에서 그 신봉자였다.

"아니, 그럴 수는 없어요. 예외를 만들면 그걸 인용해서 사례금을 내기 꺼려하는 사람이 얼마든지 나올 수 있으니까요. 그렇게 되면 현장에서 돈을 지불할 의사를 확인한 후가 아니면 구조에 나서지 않는다거나, 그 확인에 걸리는 시간 때문에 구조가 지체된다거나, 여러 가지 폐해가 일어날 가능성이 있으니……."

접수원 아가씨의 설명에 아~, 하는 표정을 짓는 레나.

"그럼 어쩔 수 없지……."

"그리고 모처럼 잡은 포로를 조사대의 지시로 해방시킨 부분에 대한 보상과 정보 수집에 대한 보수까지 더해서, 이것이 최종 금액입니다."

그렇게 말한 접수원 아가씨가 카운터 위에 가죽 주머니를 쿵 하고 내려놓았다.

""""오오오오!""""

예상보다 훨씬 더 많은 금화의 양에 네 사람이 눈을 크게 떴다. 설마 속에 든 것이 은화나 동화는 절대 아니겠지.

"그리고 길드 마스터가 할 이야기가 있다고 방으로 좀 올라와 주십사 하니, 부디 부탁드립니다."

접수원 아가씨의 말에 딸을 구해준 감사 인사 혹은 보수에 대한 자세한 설명을 해 주려나 하고 생각해서 가벼운 마음으로 길드 마스터의 방으로 향한 '붉은 맹세'의 네 사람.

방에서 그녀들을 맞이한 건 길드 마스터와 크레레이아 박사 두 사람이었다.

"자네들은 다시 한 번 수인들이 있는 숲으로 가주었으면 하네. 영주님의 지명 의뢰야."

""""네에엣?""""

갑작스러운 선고에 깜짝 놀라는 네 사람을 앞에 두고, 길드 마스터가 계속해서 말을 이었다.

"오늘 아침, 왕도로 전령을 보냈어. 미리 알리는 파발마와 그 뒤를 이어서 보고할 전령을 태운 마차다. 영주님의 부하, 크레레이아 박사를 제외한 조사대 사람들, 그리고 함께 구출된 헌터 전원이 전령으로 동행했어."

"네? 헌터들요? 무기는……."

"길드에서 무료로 대여해 주었어. 돌아오면 반환해야 하지만."

"아, 그렇군요……."

마일은 길드 마스터의 대답에 마음을 놓았다.

사정 설명자 겸 호위로, 또 통제되지 않은 정보의 확산을 막는 임무도 겸해서 그들을 데리고 간 것은 적절한 판단이었다. 게다가 무기를 잃어 생활비에 허덕일 헌터들에게 그 보수는 정말 감사한 것이리라. 아마 거기까지 생각이 미친 길드 마스터의 배려로 보인다. 귀환 후에 빌린 무기를 반납해야 하는 건 조금 불쌍하지만…….

"많은 수인, 그것도 조직적으로 움직이는 수인을 상대로 경솔하게 행동했다가는 수인족과의 관계 악화, 최악의 경우는 다시 표면적으로 적대 관계가 될지도 모른다는 건 자네들도 이해하고 있겠지?"

고개를 끄덕이는 네 사람.

"그래서 지방 영주가 멋대로 판단해서 움직일 수는 없는 노릇이다. 지금은 국가적 판단을 구하지 않으면 말이지……. 하지만 영내에 잠입한 비밀 세력의 활동을 감시도 하지 않고 그대로 방치할 수도 없지 않은가. 왕도에서 보낸 사자를 데리고 현장에 갔더니 이미 허물만 남아 있거나 하면 체면이 말이 아닐 테고, 수인들의 목적을 모르는 이상 앞으로 똑같은 일이 계속 반복될지도 몰라. 그리고……."

“그리고?”

“영주님은 발굴될 재물을 소유하길 원하신다.”

““““아~…….””””

납득, 이라는 표정을 짓는 네 사람이었다.

제32장 그리고 다시 숲으로

"영주님은 절대 나쁜 분이 아니야. 뭐, 귀족으로서는 지극히 평범한 자존심과 선민의식을 가지고 계시지만, 영민을 나름대로 소중하게 여기신다……."

'그건 그냥『가축 사육』이나 마찬가지 아닌가? 젖이 잘 나오게 하거나 살집이 잘 붙게 하거나 하듯이…….'

길드 마스터의 이야기를 듣고 그렇게 생각한 마일이었지만, 물론 말로 하지는 않았다.

"그리고 물론 영지 운영과 발전과 자신의 사치를 위해, 금전문제는 더럽……, 탐욕……, 수집 의식을 가지고 계시지."

길드 마스터가 사실은 영주님을 싫어하는 게 아닌가, 하고 의심하는 네 사람이었다.

"그래서 자네들에게 지명 의뢰를 낸 거야. 수인들이 있는 곳을 알고 있는 데다 그곳에 잠입 · 탈출한 실적이 있고, 만약 공격당하더라도 얼마든지 살아 돌아올 실력을 갖췄으니까 말이야."

영주에게 지명 의뢰를 받는 것은 헌터에게 최고의 영광이었다.

그것은 실력을 인정받았다는 증거였으며 신용도의 증거가 되었다. 이보다 더한 영예는 나라 혹은 왕족의 지명 의뢰 정도밖에 없었다.

보통 헌터라면 길드 마스터의 말에 뛸 듯이 기뻐하면서 깊이 고민할 것도 없이 바로 받아들였겠지.

그렇다, '보통 헌터'라면 말이다…….

"그래서, 의뢰 내용은요?"

레나가 냉정하게 길드 마스터에게 확인했다.

"음, 수인들의 동정을 살피고 무엇을 발굴하는지 확인할 것. 그리고 만약 가능하다면 발굴한 것의 탈취까지."

""""""…………."""""""

'붉은 맹세' 멤버들은 할 말을 잃었다.

"저기, 하나만 질문해도 될까요?"

"그래, 뭐지?"

마일이 길드 마스터에게 물었다.

"그건 약탈 행위니까 저희가 도적이 되는 셈 아닌가요?"

"엥……."

마일의 지적에 멍한 표정을 짓는 길드 마스터.

"아, 아니, 그곳은 우리나라의 영지에 속하니까……."

"하지만 관리하지는 않는 그냥 숲이잖아요? 게다가 거기로 채취나 사냥을 간 사람은 취득한 걸 자기가 가질 수 있잖아요? 그럼 수인들이 채취한 건 그들의 소유 아닌가요? 헌터들을 붙잡은 건 범죄 행위가 맞지만, 그 부분은 왕도에서 사자가 온 뒤에 항의하거나 당사자 인도를 요구하면 되잖아요? 다른 수인들이 하고 있는 채취 활동에 무슨 문제라도 있나요? 그걸 강탈하는 건 범죄 행위가 아닌가요?"

"…………."

타국의 매장 자원을 정부의 지시로 멋대로 대량 채취하는 것은 엄청난 문제이며 외교적 문제로 번질 수 있다.

하지만 민간인이 타국에서 소규모로 소재 채취 혹은 보물찾기를 하는 행위는 딱히 문제가 되지 않는다. 그것을 금지한다면 헌터가 나라를 넘나들며 활동하기가 불가능해질 테니까.

이번에 수인들은 대규모로 발굴 조사를 진행하는 듯했지만, 그건 '무언가를 찾기 위해 파는' 것이지 '자원을 대량으로 채굴'하려는 건 아니었다. 따라서 그 결과 발굴된 '극소량의 채취물'을 강탈할 경우 누가 악인인가 하면…….

"그, 그건 말이지……."

생각지도 못한 지적에 길드 마스터가 말을 머뭇거렸다.

"잠시만 동료들과 상의해도 될까요?"

마일은 길드 마스터의 승낙을 구한 후, 동료들과 옆방 회의실로 이동했다.

그리고 몇 분 후, 네 사람은 다시 길드 마스터의 방에 돌아와 자리에 앉았다.

"상의 결과, 의뢰를 받아들이기로 했습니다."

마일의 말에 가슴을 쓸어내리는 길드 마스터.

당연하다. 영주가 낸 지명 의뢰를 거절하는 것은 전대미문의 일이다. 영주의 심기를 거스르게 할 뿐만 아니라 이 지부가 '영주가 낸 지명 의뢰의 중개를 신인 헌터들에게 거절당하기나 하는, 무능하고 믿을 수 없는 지부'라면서, 왕도를 비롯해 근방의 길드 지부와 헌터들에게 비웃음을 사고 말 것이다.

"단『탈취』는 웬만한 필요성이 없는 이상 거절하겠습니다. 원래 의뢰에도, 만약 가능하다면, 이라고 했으니까 별로 문제되지 않는다고 생각하는데요."

웬만한 필요성, 이라는 말은 그것이 위험하거나 수인 혹은 그 동료들의 손에 들어가면 상당히 곤란한 '뭔가'였을 경우를 뜻한다.

마일도 판타지 소설을 많이 읽었다. 그래서 발굴의 목적이 '마왕의 부활'이라거나 '사신의 봉인을 푸는 일'이라는 패턴일 가능성도 고려했다. 그리고 물론 마일로부터 1년 가까이 이런저런 이야기를 들어온 메비스, 레나, 폴린 세 사람 역시…….

모두가 이 지명 의뢰를 받기로 한 이유는 물론 영주의 지명 의뢰가 B등급으로 올라가는 승급 포인트에 큰 도움이 되고 파티의 신용도 향상에도 영향을 미치기 때문이기도 했지만, 가장 큰 이유는 '붉은 맹세'가 거절했을 경우 다른 파티가 받았다가 행방불명이 되거나 수인들과 서로 죽고 죽이는 큰 싸움이 벌어지는 것을 염려했기 때문이다.

그에 관해 자신들은 아무런 책임도 없다는 건 알지만, 그다지 뒷맛이 개운한 이야기는 아니었다.

그리고 또 하나 이유를 추가하자면, '헌터들이 빼앗긴 무기를 되찾아주려는' 목적도 있었다.

……사람이 너무 좋은 걸까, 아니면 임무를 만만하게 보는 것일까.

뭐, 하지만 그게 바로 '붉은 맹세'라는 파티였다.

"아, 아아, 물론 그래도 상관없어. 영주님도 솔직히 신인 헌터인 자네들 네 소녀가 재물을 빼앗아올 수 있으리라고는 생각하지 않으실 거야. 그러니 『만약 가능하다면』이라는 전제를 달았겠지."

길드 마스터는 대충 이야기가 정리되는 것 같다며 안도했지만, 문득 중요한 사실을 말하지 않았다는 사실을 깨달았다.

"아, 그리고 말이야, 크레레이아 박사가 동행하니 호위도 부탁하네."

"뭐, 뭐예요! 그건 못 들은 이야긴데!"

레나가 소리쳤지만 메비스, 폴린, 그리고 마일 세 사람은 차분했다. 그게 아니면 무슨 이유가 있어서 박사만 왕도행에서 제외되어 이 자리에 함께 있다는 말인가. 그걸 깨닫지 못한 사람은 레나 혼자뿐이었다.

발굴 현장과 발굴물 조사 및 감정을 시키는 데 학자를 동행시키는 것은 전혀 이상한 일도 아니었다.

엘프이며 학자인, 분명 어느 정도 중요 인물일 크레레이아 박사를 위험에 노출시켜도 될까, 하는 의문은 있지만 어차피 처음부터 조사대에 속해 있었다는 건 어느 정도의 위험보다 조사와 연구 쪽을 택했다는 이야기겠지.

"그리고 영주님이 원군을 내주실 모양이야. 아직 준비가 다 되지 않은 것 같으니 자네들이 먼저 출발한 후에 뒤따를 듯하지만……."

진짜 원군인지, 아니면 '붉은 맹세'가 재물을 가지고 도망치지 않게 감시하기 위해서인지는 모를 일이다. 네 사람의 머리에 떠오른 단어는 '독전대(督戰隊)'였다.

"도움이 되려나……. 그래서 몇 명이나 보내준다는 건데요?"

레나가 묻자 길드 마스터가 살짝 민망한 표정으로 대답했다.

"……한 명."

""""네에에?!""""

"……그러니까, 한 명이라고……."

확정이었다.

단순한 감시원이다. 방해가 되면 됐지 도움이 될 일은 없으리라.

게다가 개별 행동을 하므로 '붉은 맹세'에 무슨 일이 생겨도 도울 수 없고, 그저 결과를 지켜본 후 보고를 올릴 뿐이겠지. 없는 편이 훨씬 낫다.

'……따돌려야지.'

네 사람은 같은 생각을 하고 있었다.

그 후 간단히 의견을 조율한 마일 일행은 곧바로 출발했다.

사실은 하루 정도 느긋하게 쉬고 싶었지만, 이번에는 시간이 중요했다.

지금쯤이면 아마 그 마술사에 의해 완치까지는 아니라도 몇 명은 어떻게든 싸울 수 있는 상태가 되었으리라. 그리고 물론 발굴 현장으로 전령도 보냈을 터다.

그들은 아직 다리가 부러진 자를 업고 움직일 수 없으므로, 소식을 접한 발굴 현장이 한차례 혼란에 빠졌다가 구조 요원 몇 명을 파견 보내기까지 '경비가 허술해질' 혼란 기간. '붉은 맹세'는 잠입하기에 가장 좋은 그 기회를 놓칠 만큼 바보가 아니다.

박사도 그 점을 내다보고 어젯밤 사이에 준비를 마쳤던 것이다.

그리고 모든 물자가 마일의 '수납'에 들어 있는 '붉은 맹세' 역시 당연히 즉시 출격 가능했다. 원래 그대로 왕도로 떠날 계획이어서 숙소도 퇴실한 상태였다.

"자, 간다!"

""""하앗!""""

"……하아!"

레나의 호령에 답한 세 사람. 그리고 살짝 뒤늦게, 크레레이아 박사의 목소리가 이어졌다.

"……메비스 씨, 이거……."

마을을 떠나고 잠시 후, 마일이 메비스에게 손을 내밀었다.

"이건……."

"네, 추가분이에요. 혹시 몰라서……. 다 쓰면 또 보충하면 되니까 너무 아끼지 말고 쓰세요. 아꼈다가 유사시에 처음 쓰는 것도 좀 그러니까……."

"알았어. 고맙게 잘 쓸게……."

그렇게 말한 메비스는 캡슐 형태의 용기 세 개를 받아 주머니에 넣었다.

이렇게 해서 총 다섯 개가 된 수상한 캡슐.

빨리 쓰지 않으면 마일이 계속 줘서 주머니가 빵빵해지고 말 것이다. 그런 예감이 드는 메비스였다…….

*　*

예의 '숲 바로 앞에 있는 마을'을 그대로 통과해 숲으로 들어간 마일 일행은 숲을 달리는 게 특기라는 크레레이아 박사의 말을 믿고 이동 속도를 늦추지 않았다.

탈출 때보다 더 빠른 속도로 숲을 달리는 다섯 사람.

이미 저녁 무렵이어서 점점 어둠이 깔리기 시작했기 때문에, 마일표 '마법의 축광 물질'을 묻힌 나무토막을 저마다 등에 달았다.

대형은 일렬종대. 단종진(單縱陣), 또는 '제트 스트림 어택'이었다. 머리를 발판으로 삼는 것은 금지다.

밤눈이 밝은 마일이 선두에 서고, 레나와 크레레이아 박사, 폴린, 메비스의 순서였다.

VIP인 박사와 '붉은 맹세' 네 사람 중 가장 근접 전투력이 떨어지면서 치유마법 요원인 폴린을 가운데에 오게 한 것은 당연했다. 그리고 후방 공격에 대비해 메비스가 제일 끝에 섰다. 마술사는 기습 공격에 약하니까.

"지금쯤, 빠르면 전령이 이미 발굴 현장에 도착했거나 늦어도 전령이 출발한 지 얼마 후, 가 아닐까요……."

마일은 전령 혼자 전속력으로 이동한다면 수인의 신체 능력과 숲의 활동 경험으로 미루어 볼 때, 하루 정도면 발굴 현장에 도착하리라고 생각했다. 나머지는 그 마술사의 마력 회복 속도, 치유마법 실력, 그리고 리더가 연락을 우선할지 부대의 안전을 우선할지라는 판단에 달렸다.

“골절상을 입은 무리나 그 원군과 맞닥뜨리지 않게 그 장소를 우회해서, 발굴 현장으로 가는 직선 루트는 제외해요. 그리고 또 한 군데, 멀리 돌아가고 싶은 곳이 있는데…….”

마일이 말하는 ‘또 한 군데’가 무엇인지 잘 몰랐지만, 마일이 하는 말이니까 하고 별로 깊게 생각하지 않고 받아들이는 ‘붉은 맹세’ 멤버들이었다.

“……우욱!”

숲에 들어간 지 하루째. 발굴 현장까지 얼마 남지 않았을 때, 크레레이아 박사가 갑자기 코와 입을 틀어막고 그 자리에 멈춰 섰다.

“왜 그래요……? 아, 엘프는 인간보다 후각이 뛰어나죠……? 여러분, 진로 변경입니다! 여기가 바로 『우회해야 할 장소』입니다!”

“굳이 똥 근처에서 이른 휴식을 취했고, 수인들 추적대가 쫓아오는 게 생각보다 훨씬 늦었던 시점에서 그럴 거라고 짐작했어…….”

맥 빠진 듯한 레나의 말에 폴린과 메비스도 고개를 끄덕였다.

코스에서 상당히 벗어났음에도 불구하고 어쩔 수 없이 더 코스 변경을 하게 만들 정도의 영향 범위.

어쩌면 이 구역 안은 마물과 맹수가 진입하지 않는 안전지대가 될지도 모른다고 생각하는 마일이었는데, 애초에 아무도 이 안으로 도망치려고도 하지 않으리라.

수인들은 위치관계를 봤을 때 아마도 반대쪽으로 우회했을 것 같았다. 또, 후각이 예민한 만큼 마일 일행보다 더 멀리 우회했을 골절 부대가 이동한 흔적, 그러니까 나뭇가지와 풀을 헤치고 지나간 흔적과 땅을 질질 끈 흔적 등이 교차하지 않은 것을 봐도 역시 반대쪽으로 갔을 확률이 무척 높았다.

그렇게 '붉은 맹세'와 크레레이아 박사는 수인들과 맞닥뜨리지 않고, 영도를 출발한 지 하루 반나절, 숲에 들어간 후로는 딱 하루가 지났을 때 무사히 발굴 현장 근처에 도착했다.

"영도를 출발한 지 하루 반나절, 조금씩만 쉬고 강행군을 펼쳤으니까요. 오늘 밤에는 여기서 푹 쉬어요."

마일의 제안에 반대하는 사람 한 명 없이 모두 고개를 끄덕였다. 주위는 벌써 어둑어둑해지고 있었다.

마일은 적당한 풀밭을 고른 다음, 아이템 박스에서 텐트를 꺼냈다. 접힌 상태가 아니라 이미 완성된 텐트를…….

실은 그저께 텐트를 수납할 때 깨달았던 것이다. 굳이 매번 조립했다가 분해했다가 하지 않아도, 완성된 상태로 아이템 박스에 넣으면 된다는 사실을 말이다.

그래서 그저께 아침, 철수할 때 구출한 사람들의 눈을 피해서 접지 않고 그대로 수납해두었다.

"엥……."

그 모습을 본 크레레이아 박사가 그대로 굳었다.

다른 세 사람은 별로 신경 쓰지 않고 평소대로 텐트의 네 모서리를 고정하거나, 주위에 배수구를 파고 있었다. 숲속은 날씨가 흐린 날에도 비바람이 약하게 치는 편이지만, 그래도 혹시 몰라

만전의 준비를 갖추었다. 그것이 장생의 비결이니까 말이다.

"어, 어째서 접은 상태가 아닌 거야?!"

"네? 그야 일일이 접었다가 조립했다가 하는 건 귀찮고 시간도 아깝잖아요?"

마일의 대답에 황당해하는 크레레이아 박사.

원래 수납 마법의 용량 한계는 무게와 부피의 상관관계로 결정된다.

아무리 가벼워도 부피가 크거나, 반대로 부피가 작아도 무게가 무거우면 수납에 한계가 일찍 찾아온다. 부피와 무게에 따라 각각 독립적으로 수납 한계가 있는 것이 아니라, 양쪽이 함수가 되어 한계가 결정되는 것이다.

그래서 수납물은 최대한 가볍게, 최대한 부피를 줄이는 것이 상식이었다. 설령 수납 가능한 양이라고 해도 그 양에 따라 수납을 계속 유지하기 위한 마력량과 정신적 부담이 차원이 다르니까 말이다.

그런데 이 소녀는 접으면 부피가 확 줄어드는, 안이 텅 빈 텐트를 분리했다가 조립했다 하는 사소한 수고가 귀찮아서 그대로 수납했다고 말한 것이다.

……마력량에 얼마나 여유가 있다는 말인가! 그리고 무의식적인 제어 능력이 얼마나 뛰어나다는 말인가!

그러고 보면 탈주할 때 봤던 '마치 시장에서 갓 사 온 듯한 신선한 채소와 과일', '갓 잡은 듯한 오크 고기' 등도 너무 이상했었다.

그밖에도 느닷없이 제공된 대량의 목제 무기, 캄캄한 어둠 속에서도 볼 수 있는 발광하는 나무토막. 그리고 인원의 몇 배에 달하는 수인들을 가볍게 다루는 신체 능력…….

게다가 동족을 감지하는 엘프의 감이 이 소녀는 절대 엘프가 아니라고 알려주고 있음에도 불구하고, 아무리 봐도 엘프 같다는 생각을 도저히 지울 수 없었다.

박사가 '붉은 맹세'를 따라온 것은 물론 학자로서 수인들이 무슨 일을 벌이려는지, 무엇을 발굴하려는지 파악하기 위해서이다. 하지만 박사 개인적으로는 탈출했을 때부터 궁금해서 참을 수 없는 이 소녀의 비밀을 이번에 바싹 달라붙어 해명하는 것, 그 유혹을 참지 못해서 이렇게 위험한 의뢰를 받아들고 말았던 것이다.

헌터는 서로의 과거와 능력을 캐물어서는 안 된다.

그 정도의 상식은 박사 역시 알고 있었고, 그래서 직접 질문하는 것은 피했다.

하지만 궁금하다.

궁금하고 또 궁금해서 정말, 이제는 참을 수가 없다!

"우아아아아!"

"가, 갑자기 왜 그러세요? 박사님?!"

크레레이아 박사가 순간 소리를 지르자 깜짝 놀란 마일이 달려갔지만…….

"아, 아무것도 아니야!"

마일을 노려보면서도 평정을 가장하는 크레레이아 박사였다.

마일은 텐트 주위를 끈으로 온통 둘러쳤다. 그리고 각 부분마다 단단한 나무토막과 금속 파편을 두개씩 묶었다. ……그렇다, 밭에서 새를 쫓을 때 쓰는 '딸랑이'였다.

지금까지는 다 같이 야외에서 잘 때 배리어나 경계 마법을 쳤었는데 그렇게 하니 방심하는 버릇이 생기고 말아, 마일이 없을 때 큰일이 생길 가능성이 있었다. 그 사실을 깨달은 마일이 자신이 없을 때에도 쓸 수 있는 경계 방법을 모색했던 것이다.

그리고 이번에는 크레레이아 박사가 있다. 박사가 보는 앞에서 너무 엉뚱한 마법을 쓸 수는 없는 노릇이다. 그렇게 생각한 마일이었다.

지금까지 조금씩 쉬는 틈틈이 보존식을 갉아 먹는 정도였기 때문에, 저녁밥은 제대로 된 요리를 했다. 아이템 박스에서 꺼낸, 이상하게 신선한 식재료로.

수인들이 있는 곳과 가까운데 불을 써서 요리해도 괜찮은가, 하고 걱정하는 크레레이아 박사에게 마일이 잘 설명해서 안심시켰다.

"아, 연기랑 냄새 미립자를 마법으로 모아 고체로 만들 거니까 괜찮아요. 보세요, 이게 모아서 굳힌 연기와 냄새 미립자예요."

"…………."

새카만 덩어리를 손가락으로 가리키는 마일을 박사는 아무 말 없이 물끄러미 쳐다보았다.

"오늘의 『일본 전래 허풍동화』!"

일찍 휴식에 들어가는 날은 어김없이 이것이다.

"그래서 나쁜 백작을 쓰러트린 도둑은 공주님과 노인, 충견을 남기고 동료들과 함께 떠났습니다. 뒤늦게 현장에 달려온 경찰 아저씨가 공주님에게 말했습니다. 『놈이 엄청난 것을 훔쳐갔습니다. ……바로 당신의 속옷입니다!』"

푸흡!

'붉은 맹세'의 세 사람은 재미있다는 듯 듣고 있었지만, 크레레이아 박사는 먹던 수프가 코와 입에서 뿜어져 나오는 바람에 코가 따가워 괴로워했다.

*　*

어젯밤에는 일찍 휴식에 들어갔기 때문에 아침 기상 시간이 빨랐다.

어스레한 새벽에 일어나서 간단히 보존식을 갉아 먹고 아침에 할 일을 이것저것 끝마친 '붉은 맹세'와 크레레이아 박사는 텐트를 안에 든 담요까지 통째로 수납하고 나서야 발굴 현장에 접근했다.

"저기 살짝 높은 곳에 올라가서 발굴 현장을 전체적으로 내려다보는 것이……."

"앗."

마일의 말과 겹치게, 메비스가 작은 목소리를 냈다.

"왜 그래요?"

마일이 묻자 메비스가 굳은 표정으로 대답했다.

"뭐, 뭔가 발에 걸린 것 같아……."

그 말을 들은 마일은 재빨리 높은 곳으로 달려 올라가, 자세를 낮추고 발굴 현장을 내려다보았다.

오두막에서 수인들이 우르르 달려 나와 웅성거리고 있었다.

"……아무래도 저쪽 역시 딸랑이를 설치해 놓았던 모양이네요……."

"미, 미안해! 나 때문에……."

메비스가 미안하다는 표정으로 사과했지만, 어쩌다 걸린 사람이 메비스였을 뿐이었고 그런 장치를 예상하지 못한 이상 언젠가는 누군가가 걸렸을 것이다.

마일이 그렇게 설명하고 너무 신경 쓰지 말라고 말했지만, 올곧은 메비스는 다시 차분해질 기미가 보이지 않았다.

'그나저나 전에 봤을 때, 저런 구멍이 있었나…….'

마일은 발굴 장소 가운데 부근에 있는 지름 7~8미터 정도의 구멍이 조금 마음에 쓰였는데, 저번에 봤을 때는 저녁이라 조금 어둡기도 해서 그저 단순히 못 본 것이라고 판단하고 너무 깊이 생각하지 않았다. 애초에 지금은 그런 것을 생각할 때가 아니었다.

"이동합시다! 앞이 잘 안 보이는 장소나 숲이 많은 곳은 수인을 상대하기에 불리해요!"

마일이 말한 대로 몸놀림이 민첩하고 근접 전투가 장기인 수인을 상대로 나무들 사이에서 싸우는 것은 불리했다. 게다가 위력이 높은 불마법을 쓰기도 어렵다.

상대가 별로 다치지 않기를 바라므로 가능하면 불마법은 쓰지 않고 끝내고 싶었는데, 이쪽이 열세에 몰리면 꼭 그렇게도 할 수 없다. 죽지만 않는다면 치유마법으로 어떻게든 되겠지. 치료받기 전까지의 고통은 참는 수밖에.

다만 자칫 잘못하면 이번에는 이쪽이 '채취 활동 중인 수인들을 습격했다'는 입장이 되고 만다.

지난 번 일을 끌고 나와 '도적들에게 빼앗긴 장비를 찾으러 왔는데 또 습격을 받아서 정당방위로 응전했다'고 설명하면 통할 수 있으므로, 만약 싸우게 된다면 반드시 상대편이 먼저 공격한 후에 반격해야 한다고 이동 중에 몇 번이나 못 박아 두었다.

마일의 집요한 확인에 레나는 질려 했지만, 크레레이아 박사는 감탄했다.

"이동하자고 해도 어디로 이동하냔 말이야!"

레나의 말대로 숲을 곧장 가로질러 왔기 때문에 뒤에는 온통 숲이었다. 차라리 지대가 조금 높은 현재 위치가 나무 수가 더 적었다.

하지만 그래도 나무가 전혀 없는 건 아니고, 포위당하기 쉬웠다. 후방으로 온힘을 다해 달아난다고 해도, 마일이라면 모를까 다른 사람들이 숲에서 수인들보다 빠르게 이동 가능할 리가 없었다.

그러다가 지쳐서 방심하면 공격만 당할 뿐이니, 그럴 바에야 비교적 불리하지 않은 장소에서 빨리 싸워서 상대를 무찌른 후에 달아나는 편이 훨씬 낫다.

게다가 어차피 이대로 달아나면 '의뢰 실패'가 된다.

"지금 당장 언덕을 달려 내려가서 저기로 가요. 위력 정찰을 하는 겁니다."

그렇게 말하며 발굴 현장을 손가락으로 가리키는 마일에게 크레레이아 박사가 끼어들었다.

"저기 말이야, 마일 짱. 위력 정찰이라는 건 적이 있는 게 확실한 곳에 더 자세한 정보를 얻으려고 살짝 무리해서 정찰하거나, 혹은 상대가 어떻게 나오는지 보려고 무시 못 할 정도의 전력으로 도발하는 형태의 정찰을 뜻하는 거니까 말이지? 적어도 적의 본진에 쳐들어가서 적을 쓰러트린 후에 정보를 수집한다는 의미는 아니니까 말이지? 위력 방해와는 다르니까 말이지?"

"그, 그 정도는 저도 알아요! 『컴배트!(80년대에 『전투』라는 이름으로 국내에도 방영되었던 미국 전쟁 드라마)』는 비디오로 봤으니까요!"

"『컴배트』? 『비디오』?"

마일이 욱해서 되받아쳤지만, '컴배트'도 '비디오'도 지구에서 쓰는 단어 그대로 말했기 때문에 크레레이아 박사가 그 말을 알아들을 리 없었다.

물론 이쪽 말로 번역한다고 해도 '전투'와 '영상 신호 기록'이라는 단어로는 의미가 제대로 전달될 것 같지 않지만.

어쨌든 이제 시간이 없었다. 언제 수인들에게 포위될지 모르기 때문에 느긋하게 생각할 여유가 없었다.

"어쩔 수 없지. 별로 좋은 생각은 아닌 것 같지만, 그보다 더 나은 방법이 없다면 소거법으로 마일의 제안만 남으니까. 비전투원인 수인들이 부디 나서지 말고 달아나주면 좋겠는데……."

레나의 말에 마일의 제안대로 결행하기로 했다.

"자, 그럼 간다!"

""""하앗!""""

"……하아!"

여전히 한 템포 느린 크레레이아 박사였다.

달려 내려나간다고 했지만, 딱히 함성을 내지르며 돌진한 것은 아니었다.

발견될 때까지는 그늘에 몸을 숨긴 채 조용히 진행. 그러다가 확 트인 장소 직전에 다다르면 숨는다. 어차피 냄새가 나서 금세 들통 나겠지만, 그래도 굳이 사태의 진행을 앞당길 필요는 없다.

어디에 '딸랑이'가 설치되어 있었는지 수인 측은 당연히 알겠지. 그래서 뒤로 돌아 도주로를 막은 후 접근할 것이다. 설마 소수로 자신들의 본거지를 찾아왔을 줄은 꿈에도 생각하지 못할 테니까, 예상한 장소에 마일 일행이 없는 것을 알면 당황해서 그대로 이쪽으로 몰아치겠지.

그러니까 마일 일행은 '공격해온 수인들에게 쫓겨서 적의 본거지로 내몰린' 것이 된다. 결코 '자기 의지로 침입한 것'이 아니라.

따라서 이곳에서 소동을 빚거나 부상자가 나오거나 기물이나 발굴품이 파손되더라도 그건 전부 '싸움을 걸어와서 마일 일행을 이곳으로 내몬 수인들 탓'이며, 마일 일행에게는 일말의 책임도 없다.

그리고 그 혼란을 틈타 정보 수집을 하거나, 아니면 일시적으로 수인들을 쫓아내거나 제압한 후 조사에 나서는 것이다. 그때 발굴품이 파손되거나 없어질지도 모르지만, 그건 마일 일행과 상관없는 일이다. 전투 중에 잃어버린 것 같다고 하면 되니까.

"평소에는 멍청하면서, 어째서 이럴 때만 머리가 잘 돌아가는 거야?!"

마일에게 앞으로의 계획을 들은 레나는 어이없다는 듯 말했다.

그리고 몇 분 후.

예상대로 추정 위치에서 침입자의 모습을 발견하지 못했고 되돌아 도망친 기색도 보이지 않아 후방 포위에 나섰던 수인들이 발굴 현장으로 향했다. 냄새의 자취를 따라 오고 있을 테니 찾는 것은 시간 문제였다.

그리고 마침내…….

"찾았다! 침입자다! 포위해서 붙잡아라!"

수인의 외침을 들은 마일이 모두에게 지시를 내렸다.

"네, 적을 포위해서 붙잡으라고 선언했습니다! 어쩔 수 없이 도망쳐서 광장으로 내몰리도록 하겠습니다!"

마일 일행은 즉시 일어서서 발굴 현장의 중심부를 향해 달렸다.

"아앗, 도적의 공격을 받아 달아났더니, 이상한 곳으로 내몰리고 말았네! 혹시 여기는 도적들의 본거지? 어떻게 한담?!"

일부러 들으라는 듯 크게 소리치는 마일.

그리고 그 전방을 막아서는, 남아 있던 수인들 십여 명.

그들은 성인 남자뿐이었다. 여성과 미성년자는 오두막 안으로 몸을 피한 것 같아, 마일 일행에게는 절호의 기회였다.

"침입자 주제에 함부로 지껄이지 마라!"
"도적 주제에 잘난 척하지 마!"
"그게 무슨……."
사정을 모르는 현시점에서 그들은 어디까지나 '도적'이었다. 나중에 그게 아니라는 걸 알아도, 지금은 그들이 정체를 밝히지 않고 도적과 같은 행위를 하고 있으니, 도적으로 간주되었다. 만약 나중에 국제 문제로 번지더라도, 그렇게 주장하면 불평은 한마디도 할 수 없을 터다.
"뭐야? 그럼 아니라는 거야? 그럼 이런 데서 뭘 하고 있었는지, 그리고 어째서 헌터들을 붙잡아 무기를 빼앗는 『도적질』을 했는지, 전부 설명해 보시지!"
"윽……."
레나의 날카로운 지적에 대답하지 못하고 머뭇거리는 수인. 아무래도 그가 이곳을 통솔하는 역할을 맡은 것 같았다.
"에잇, 시끄럽다! 어이, 이 녀석들을 붙잡아! ……뭐야?"
상하 관계가 절대적인 수인이 상위자의 명령에 따르지 않는 것은 보통 있을 수 없는 일이다. 명령받았는데도 꿈쩍하지 않자 이상하게 여긴 마일이 지시를 받은 수인들을 보니…….
"앗, 저번에 우리를 공격한 자들이네요!"
마일이 그렇게 외치자 수인들 여덟 명이 몸을 움츠렸다.
"뭐야? 그럼 이 녀석들이 저번에 너희가 쫓아냈다던 그 여자 헌터? 하지만 분명 넷이랑……, 앗, 거기 있는 넌 여기서 도망친 녀석이잖아?! 아직 멀리 달아나지 않고 이 근처에 숨어 있었던 거냐? 그럼 이곳은 아직 인간들에게 알려지지 않았다는……, 아니, 그런데 다른 열일곱 명은 어디 있지?!"

그렇게 물어봤자 굳이 알려줄 의리는 없다.

설령 이미 안전지대로 달아났다고는 해도, 정보가 없으면 이리저리 고민하거나 만약을 위한 대책을 취하는 등 수인들의 행동을 제약할 수 있으니까.

"제기랄, 대답 안 하냐! 아니 그런데 너희는 왜 그렇게 벌벌 떨고 있어?!"

움직이려고 하지 않는 부하들을 의아하게 쳐다본 리더의 마음속에 문득, 말도 안 되는 생각이 떠올랐다.

그날, 어린 여자 네 명으로 구성된 파티를 쫓아냈다는 보고를 받았을 때.

치유마법의 의뢰 허가를 요구해서 왜 그렇게 많이 다쳤냐고 물어봤더니, 상대방을 다치게 하지 않고 쫓아내기 위해 마술사의 공격을 전부 받아서 그런 거라고 말했었는데……. 설마…….

마음속에 시의심이 피어올랐지만, 적을 앞에 두고 그런 것을 캐물을 수는 없었다.

그나저나 혹시 몰라 미리 손 써두길 잘했다. 이제, 슬슬……, 으악!

뿌우~~~우웅……

"우웩!"

"크헉!"

“으헥!”
사방에 퍼진 고약한 냄새.
마일 일행도 수인들보다 조금 뒤늦게 인상을 찌푸렸다.
“이, 이건…….”
“푸하하, 이 몸이 아무 생각도 없이 너희랑 말을 섞고 있는 줄 알았냐! 귀환을 위한 전령을 보냈던, 여기서 좀 떨어진 곳에 배치된 별동대가 이제 곧 돌아올 시간이군. 이제 압도적인 전력 차이로 너희의……, 으헤엑?!”
……아무래도 수인들의 전력이 대폭 떨어진 모양이다.

전방에, 토하거나 바닥에 웅크린 자까지 포함해서 14명.
후방에, 얼굴이 홀쭉해져서 살짝 휘청거리는 자까지 포함해서 20명. 악취까지 동반해서.
……확실하게 만전 상태인 수인은 14명이라는, 조금 전까지가 오히려 전력이 더 높지 않은가 하는 생각이 들었다.
아마도 예의 덫에 걸려들어 강에서 필사적으로 몸을 씻었겠지만, 몸에 스며든 냄새는 완전히 가시지 않았으리라. 그중에는 조금이라도 냄새를 없애고 그랬는지, 털을 빡빡 밀어버린 비참한 꼴을 한 자도 있었다.
“마, 마일, 뭐야 이게…….”
“마일 짱이 한 짓이야?”
“좀 봐, 봐주라…….”
수인들만큼 후각이 예민하지는 않아도 레나, 폴린, 메비스 역시 상당히 힘든 모양이었다. 그리고 인간보다 후각이 비상한 마일 본인도.

크레레이아 박사는 쭈그려 앉아 구토하고 있었다.

그리고 마일의 절규가 울려 퍼졌다.

"으아아아악! 냄새 좀 없애줘어어어! 여기 냄새도, 그 숲에 나는 냄새도, 요소를 전부 분해해줘어어어!"

* *

"하아하아하아, 고, 고맙다……."

냄새가 전부 사라지자, 적인데도 불구하고 감사를 표하는 수인의 리더.

"허억허억허억, 아니에요. 처, 천만의 말씀……."

아직 양쪽 모두 원래 컨디션을 되찾았다고 말하기는 어려운 상태였지만, 분에 넘치는 소리는 할 수 없었다.

이제 곧 전투가 시작될 것이다.

그런데 그전에 메비스가 주머니에서 뭔가를 꺼냈다.

살짝 흔들리는 캡슐 모양의 용기. 마일이 준 것이었다.

적의 숫자가 더 많으니 메비스는 마침내 이것을 사용하기로 마음먹었다.

메비스는 캡슐을 꽉 움켜쥐며 중얼거렸다.

"부탁한다, 마이크로스!"

그렇다, 메비스는 이 용기에 대해 마일에게 이렇게 설명을 들었다.

"이 안에는『기』의 힘을 빌려주는 아주 작은 존재가 들어 있어요. 여차하는 순간이 오면 주저 말고 쓰세요."

그리고 이 세계에는 '나노'에 해당하는 단어가 없었기 때문에 마일은 그 대신 '마이크로'에 해당하는 단어를 골라 명명했던 것이다.

마이크로, 즉 미시적인 것이 듬뿍 들어 있는 수프. 마이크로 수프. 줄여서 마이크로스.

그래서 지구에서 쓰는 단어로 표현하면 '마이크로스'가 되는데, 메비스가 실제로 쓰는 현지 언어로는 의미는 같아도 발음이 달랐다.

메비스는 캡슐에 염원하는 말을 담아 보낸 후 뚜껑을 돌려 열고, 내용물을 입에 몽땅 털어 넣었다.

"엑스트라(EX) 진 신속검!"

그리고 메비스의 목소리가 신호가 되어, 전투의 서막이 열렸다.

싸움이 시작되기 전, 물론 레나와 폴린은 영창을 끝내두었다.

그건 딱히 비겁한 행위가 아니다. 검사가 전투 개시 전에 검 자루를 쥐고 있는 것과 마찬가지다.

그리고 당연히 적이 접근하기 전에 마법을 쏘았다.

어느 세계에, 근접 전투가 특기인 적이 접근하기를 기다리는 마술사가 있다는 말인가.

"울트라 슈퍼 디럭스 핫 토네이도!"

""""으아아아아악!""""

전방의 수인들을 향해 쏜, 폴린 특기의 비살상 핫 마법(단, 마음은 죽는다)에 이어서, 레나의 마법이 날아갔다.

"울트라 소닉!"

레나가 '핫 마법은 아군이 휘말려도 상관없다'라고 무서운 인식을 가지고 있다는 사실을 안 메비스가 마일에게 상의하자, 수인에게 쏘는 용도, 아군은 휘말리지 않고 수인에게만 효과가 있는 마법을 생각해낸 마일이 레나에게 미리 전수해주었던 것이다.

어쨌든 레나의 공격마법에 휘말릴 확률이 가장 높은 것은 전위인 메비스 그리고 마일 본인이었으니까 말이다. 두 사람에게 있어서는 말 그대로 사활을 건 문제여서 필사적이었다.

그렇게 해서 날아간, 인간에게는 통하지 않지만 인간보다 가청주파수 범위가 넓은 수인에게는 통하는 엄청나게 불쾌한 음파.

수인들이 귀를 틀어막으며 고통스러워했고, 인간인 '붉은 맹세' 네 사람은 아무렇지도 않게……,

"으허어어억……."

마일은 점점 솟아오르는 불쾌감에 속이 메스꺼웠다.

"그, 그만, 이 마법은, 그마아아안!"

마일의 가청영역은 수인보다 더 넓었다.

"어, 어째서……. 연습했을 때는 괜찮았는데……,"

마일이 이상하게 여겼지만 연습 때는 레나가 방위에만 의식을 집중했던 데 반해 이번에는 전방위로 내뿜었다는 점, 그리고 주뼛거리며 시도했던 연습과는 달리 주저 없이 전력을 다했다는 점이 그 이유였다.

수인들과 마일에게 엄청난 타격을 입힌 마법 공격의 제1파에 이어 이번에는 메비스가 폴린의 공격을 받지 않은 후위, 마일 덕분에 며칠에 걸친 악취 지옥에서 겨우 해방된 원 추적 부대의 제일진인 스무 명을 향해 돌진했다.

'……가벼워. 몸도 검도, 바람 같아!'

도핑.

그렇다, 대량의 나노머신이 들어 있는 '나노 수프', 아니, '마이크로스'를 마신 메비스는 원래 체내에 들어 있던 나노머신과는 차원이 다른 숫자의 나노머신을 체내에 지니고 있었다. 그 상태로 '진 신속검'을 쓰면.

"EX 진 신속검!"

조금 전에도 소리쳤지만 메비스는 다시 한 번 외쳤다.

그렇다, 중요한 대목이었으니까.

마일은 출발이 늦었다.

레나의 마법 '울트라 소닉'의 대미지가 너무 컸기 때문이다.

하지만 전방의 수인들은 레나의 공격뿐만이 아니라 폴린의 마법까지 받았기 때문에 아무 문제없었다. 마일보다 더 늦은 수인들은 후위인 레나와 폴린에게 접근할 틈도 없이 마일의 공격을 받았다.

진심을 담은 마일에게는 속도와 힘에서 적수가 될 수 없어 하나둘 쓰러지는 수인들.

그런데 마일이 왜 진심을 다했을까?

자칫 싸움을 오래 끌면 레나와 폴린이 어떤 '비살상 공격마법'을 쓸지 알 수 없었기 때문이다.

'비살상이니까 같은 편이 휘말려도 괜찮아!'

이게 두 사람의 인식이었으니까.

친구라도 망설임 없이 철저히 부숴버리는, 그것이 바로 레나와 폴린의 퀄리티.

그에 도취되지 않았고, 동경할 수도 없다.

'……내가 인간의 한계를 초월했나?'

마찬가지로 온힘을 다해 싸우면서 메비스는 생각했다.

지금의 자신은 분명 아버지와 오빠들조차 바로 쓰러트릴 수 있다. 그렇다는 걸 확실히 알았다.

'아니, 이게 내 힘이 아니라는 건 나도 잘 알아. 내 기력을 쓰는 진 신속검은 내 힘이라고 말할 수 있지만, 받은 약을 먹고 얻은 힘은 어차피 일시적인 힘. 하지만 그걸 알아도 지금은 최선을 다해 싸우자! 어쨌든…….'

그리고 메비스는 뒤를 힐끔 돌아보았다.

'빨리 승부를 내지 않으면 언제 마법을 써서 나까지 말려들지 모른다고!'

마일과 메비스는 같은 생각을 하면서 필사적으로 싸웠다.

필사적이라고는 했지만 전력으로 상대를 때려 쓰러트리는 것이 아니다. 오히려 최대한 많이 다치지 않게 조심했기 때문에, 그

반응 속도와 힘의 컨트롤에 온 신경을 집중시켰던 것이다.

그렇게 해서 레나와 폴린의 공격마법 제2파를 받기 전에 승패가 결정될 것 같던 바로 그때, 그것이 등장했다.

『**그르르르릉……**』

발굴 현장 중앙 부근에 뚫린, 지름 7~8미터 정도의 구멍.

그 안에서 '거대한' 어떤 존재가 기어 나왔다.

"지, 지룡?"

깜짝 놀라면서도 곧바로 공격마법 영창을 시작하는 레나.

영창을 끝내고 보류해두었던 마법은 수인용으로 힘 조절을 한 비살상 공격이어서 드래곤을 상대로는 아무런 도움도 되지 않았기 때문에 즉시 폐기하고 새로운 공격마법을 영창했던 것이다. 물론 폴린도 뒤를 이었다.

마일과 메비스는 나머지 수인에게 서둘러 타격을 가해서 전투력을 빼앗은 후, 검을 고쳐 잡고 드래곤과 대치했다.

"……염탄!"

"……울트라 핫!"

레나와 폴린의 공격마법이 연이어 날아갔지만, 레나의 공격은 드래곤의 복부를 명중해서 터졌는데도 아무런 영향을 주지 못했고 폴린의 공격은 드래곤의 머리에 닿기 전에 분산되었다.

"거짓말……."

"그, 그런……."

아무리 드래곤이라고는 해도 염탄, 그것도 레나의 강력한 염탄을 받았는데 타격을 받기는커녕 두려워하지도 않고 태연하다니, 말도 안 되는 일이었다.

또 폴린의 마법은 닿기도 전에 사라졌다. 그런 일이 일어나다니…….

드래곤이 멀쩡히 자신들을 향해 다가온다는 것, 그리고 다음 영창을 읊지도 못하고 아연해하는 레나와 폴린을 본 마일은 자신이 나서기로 했다. 아마도 처음으로 사용하는 진짜 공격마법이었다.

"……폭렬 마법, 슛!"

파앙!

"헉……."

드래곤을 쓰러트리려고 진심을 다해 쏜 마법이, 튕겨나갔다.

마일이 어리둥절해하는 동안, 쿵쿵 천천히 걸음을 내딛던 드래곤이 갑자기 민첩한 움직임으로 마일에게 바싹 다가와 꼬리로 휙 쓸어버렸다.

"으아아아악!"

순간 버티지 못하고 몸이 날아간 마일은 10미터 정도 떨어진 유적의 바위벽에 부딪쳤고, 떨어진 바위가 몸에 그대로 직격했다.

""""마이이일!""""

레나, 메비스, 폴린이 소리쳤지만, 지금은 드래곤을 어떻게든 하는 것이 급선무다.

세 사람은 또 바위도마뱀 때처럼 무사할 게 틀림없어, 마일이니까, 하고 스스로에게 들려주었다. 그것이 가능성이 희박한 소원이라는 걸 알면서도…….

"그아아아아……."

온몸에 퍼지는, 믿기 힘들 정도로 격심한 통증.

'아파, 아파, 아파, 아파, 아파! 어째서! 바위도마뱀 때는 이렇지 않았는데…….'

전생 후는 물론 전생까지 통틀어 한 번도 맛본 적 없는 엄청난 고통. 마치 모든 뼈가 부러진 듯한……, 아니, 실제로 부러졌으리라. 부러지고 으스러지고, 또 그 뼈가 근육과 내장을 도려내고 관통했다. 그렇게밖에 생각할 수 없는 이 지독한 통증.

'어째서……. 고룡의 절반에 해당할 만큼 튼튼하다며……. 그리고 어째서 마법이 통하지 않은 거야…….'

드래곤은 방향을 틀어, 몸을 전혀 움직이지 못하고 통증 때문에 말도 하지 못하는 마일에게 점점 다가오더니 그 커다란 입을 쩍 벌렸다.

『호오, 내 일격을 받고도 살아남다니……. 정체가 뭐냐?』

"마, 말했어?"

폴린은 경악했지만, 메비스와 레나는 그 정체를 알아차리고 입술을 꽉 깨물었다.

"고, 고룡……."

그렇다, 그것은 지룡 따위가 아니라 힘, 지능, 마력, 그 모든 것에 있어서 세계 최강 생물이라는 고룡이었다. 마일이 그 힘의 절반밖에 가지고 있지 않은…….

제33장 사투

'고, 고룡…….'

마일도 역시 그 드래곤이 말을 했을 때 비로소 그것이 고룡이라는 사실을 깨달았다.

'이길 수가 없잖아! 내 두 배의 힘, 두 배의 마력량, 그리고 인간보다 머리가 좋다는 고룡을 무슨 수로 이겨…….'

그 이전에 몸 자체가 조금도 움직이지 않았다. 마일이 무의식중에 지른 비명에 나노머신이 반응해서 급속도로 치유되고 있기는 했으나, 움직일 수 있으려면 시간이 조금 더 걸릴 듯했다.

뼈가 뚝 부러지기만 한 정도라면 아주 빨리, 순간이라고 말해도 좋을 정도의 속도로 회복할 수 있겠지만, 온몸의 뼈가 으스러지고 그 파편이 근육과 내장을 갈기갈기 찢었으니 아무래도 회복하는 데 어느 정도의 시간이 걸릴 수밖에 없었다.

그리고 무엇보다 문제는 뼈보다도 '마일의 마음이 꺾이고 말았다'는 사실이었다.

마일은 자신의 능력을 알았기에 지금까지 정말 단 한 번도 신변의 위험을 느낀 적이 없었다. 도적을 상대했을 때도, 강한 마물을 상대했을 때도, '여차하면 진심을 다해 싸우면 되지'라고 생각했고, 실제로도 그랬다. 그래서 늘 여유가 있었고, 태평한 자세로

임했다.

그런데 지금은 '진짜 생명의 위기'가 닥쳤고, 상대는 도저히 이길 수 없을 것 같은, 차원이 다른 적 고룡이었다.

절망, 위축, 그리고 포기.

머리 회전이 되지 않아 아무 생각도 나지 않았다. 자신을 죽이기 위해 다가오는 괴물을, 견딜 수 없는 고통 속에서 움직여지지 않는 몸으로 그저 멍하니 바라보며 마지막 순간을 기다리기만 할 뿐…….

"우오오오오오~!"

다른 사람은 거들떠보지도 않고 오로지 마일에게 접근하고 있던 고룡의 몸에, 메비스가 달려와 검을 휘둘렀다. 말 그대로 온힘을 실은 혼신의 일격이었다.

쾅!

하지만 그 일격은 고룡의 비늘을 살짝 긁는 선에서 끝나고 말았다.

『호오, 내 비늘을 긁다니. 꽤 하는군. 하지만…….』

고룡이 팔을 휘둘러 메비스를 가볍게 날려버렸다.

『분수를 알아야지!』

뻥하고 날아간 메비스는 마일과 마찬가지로 유적 돌무지에 충돌한 후 그대로 땅에 쓰러졌다.

마일 때와 달리 힘을 실은 강력한 꼬리 공격이 아니라 그저 가볍게 휘두른 정도여서 치명상을 입지는 않았지만, 그래도 몸을 움직일 수 있는 상태는 아니었다.

그때 레나와 폴린은 이미 다시 자세를 잡고 두 번째 공격마법 영창을 하고 있었다.

날아간 메비스를 보면서도 영창을 멈추지 않았다.

모든 일에는 우선순위가 있다. 지금은 당황하며 메비스의 이름을 부르는 무익한 행위로, 모처럼 영창한 마법과 시간을 헛수고로 만들 때가 아니었다.

이윽고 두 사람의 영창이 완성되었다.

"불타올라라, 지옥의 업화여! 뼈까지 전부 녹여버려라!"

튕겨나간다면 감싸면 된다.

그렇게 생각한 레나는 범위 공격마법이자 자신의 특기인 불마법을 쏘았다.

파슝!

"헉……."

고룡은 레나 쪽으로 돌아보지도 않았다. 그저 단순하게, 고룡을 포위해 감싸려던 불꽃 회오리가 소멸했다. 그게 전부였다.

"……바위여, 그, 본연의 모습을 나타내……."

성격 문제인지, 폴린은 레나와 같은 마력 방출계 마법이나 단숨에 주문을 완성하는 타입의 마법에 약하다. 그래서 시간에 여유가 있는 경우가 아니면 강력한 공격마법을 쓸 수 없었다.

하지만 고룡은 레나와 폴린을 완전히 무시하고 있었다. 자신에게 위해를 가할 만큼의 힘이 없다며, 상대할 가치도 없다며.

그렇다면 폴린에게도 쓸 수 있는 공격마법이 있었다.

지금까지의 상황으로 봤을 때, 마력은 그대로 사라졌고 설령 직격한다고 해도 이렇다 할 타격을 줄 수 없는 게 명백했다. 반면 메비스의 검은 아주 약간이기는 하지만 비늘에 생채기를 냈다. 그러니 쓸 수 있는 마법은 이것밖에 없었다.

공격마법이 약한 폴린을 위해 마일이 전수해준 마법.

'폴린 씨의 특기인 얼음마법으로는 물리적인 위력이 부족한 경우에 대비해서, 필살기를 생각해봐요! 이길 확률 제로, 살아남을 확률 제로인 상황을 타파하기 위한 마법. 바로「제로제로 마법」입니다!'

그리고 마일은 폴린에게 가르쳐 주었다.

바위로 된 조각은 사실 인간이 만든 게 아니라고.

바위는 원래 그 모습을 안에 가지고 있으며, 인간이 그것을 감추고 있던 쓸데없는 부분을 깎아 없애주었을 뿐이라고 말이다.

그러니 바위에, 그 진짜 모습을 보여 달라고 부탁하면 된다고…….

"제로제로 마법 제1호, 바위여, 열려라(암석 오픈)!"

폴린의 주문에, 유적의 일부였던 길이 2미터 정도의 바위덩어리가 조금씩 깨지고 파편들이 떨어지더니 점차 그 모습을 바꾸어 갔다. 마침내 나타난 모습은…….

길이 약 2미터. 창처럼 생겼는데, 창끝부터 손잡이까지 전체적으로 상당히 두꺼웠다.

그리고 나선형으로 회오리치면서 비틀리는 것처럼 보였다.

만약 이 광경을 지구인이 봤다면 틀림없이 이렇게 말했으리라. "드릴……" 이라고 말이다.

"돌아라, 마구 돌아라! 마차 바퀴와 같이, 거친 회오리바람과 같이! 그 힘으로 나의 적을 꿰뚫어라! 슈우우웃!"

슈우웅!

『**크오오오오오!**』

회전력 덕분에 탄도가 안정된 드릴창이 폴린의 노림수대로 고룡의 옆구리에 닿았다.

유적에 쓰였던 만큼 단단하고 튼튼한 바위는 명중한 순간의 충격을 견디며 그 질량에 따른 운동에너지와 회전력으로 고룡의 비늘을 찢고, 파고 들어가……, 그리고 부서졌다.

아무리 비교적 몸의 표면에 가까운 부분이고, 또 고룡은 고통에 둔감한 신체로 만들어졌다고는 하나 몸속에 무수한 바위 파편이 박히면 고통을 참을 수 없다.

보통은 고룡에게 도전하는 무모한 생물이 있을 리도 없었고, 설령 있다고 하더라도 고룡에게 상처를 입히는 것은 불가능했다. 또한 넘어지든 나무에 발가락이 부딪치든, 고룡이 고통을 느낄 정도는 아니었다.

……즉, 고룡은 웬만해서는 다치지 않았고, 이것이 의미하는 건 '고통에 익숙하지 않다'는 사실이었다. 그리고 이 개체는 특히 고통에 약했다. 몹시 말이다.

『***이, 이게에에에!***』

고통 그리고 하등생물에게 당했다는 굴욕감에서 비롯한 분노.

고룡은 크게 숨을 들이마셨다.

그것은 굳이 설명하지 않아도 다 아는, 고룡의 필살기 드래곤 브레스의 예비 동작이었다.

하지만 공격마법을 쏜 직후의 폴린 그리고 다음 공격마법의 영창을 끝내기 직전인 레나는 둘 다 방어 마법을 펼칠 타이밍이 아니었다. 게다가 만약 방어 마법이 발동했다고 해도, 고룡의 브레스의 앞에서는 젖은 창호지 정도의 내구력도 되지 못할 것이다.

자신들을 향해 크게 벌린 고룡의 입 안에 붉은 불꽃이 보인 순간, 레나와 폴린은 죽음을 예감했다.

"죄송해요, 아버지, 모두들……."

"알란, 어머니를 잘 도와서 부디 가게를……."

"……매직 실드!"

전투에는 뛰어들지 않고, 만일에 대비해 최대 강도의 방어 마법을 발동 직전 상태로 묶어두었던 크레레이아 박사가 전력을 다해 실드를 전개했다.

그래도 고룡이 온힘을 실은 브레스를 막기는 힘들겠지만, 다행히 이번 브레스는 아주 약했다.

당연하다. 아무리 화가 났어도 쥐 한 마리를 잡는 데 대포를 쏘는 자는 아무도 없다. 그리고 고룡은 상대 중에 인간보다 훨씬 마법을 잘 쓰는 엘프가 속한 것을 몰랐으니까.

하지만 마소(魔素)(라고 이 세계 사람들이 생각하는) 부분, 즉 브레스의 불꽃와 열은 간신히 막았어도, 브레스의 분사에 의한 힘은 그대로 받아 세 사람의 몸이 날아가고 말았다.

그나마 암벽에 충돌하지는 않았지만, 그래도 상당히 멀리 날아가 땅에 처박혔기 때문에 세 사람 모두 곧바로 일어날 수 있는 상태는 아니었다. 고룡은 이제 그녀들에게 흥미를 잃었는지, 날아간 세 사람을 무시하고 마을 쪽으로 다시 움직이기 시작했다.

'안 돼! 마을을 지켜야 하는데…….'

쓰러진 채 모든 것을 지켜본 메비스는 마을을 보호하려고 필사적으로 몸을 일으키려 했지만, 머리에 충격이 있었는지 아니면 뼈와 힘줄이 망가진 건지 팔다리가 제대로 움직여지지 않았다.

'그렇지, 마이크로스! 마이크로스를 쓰면…….'

그렇게 생각했지만 팔이 생각대로 움직여주지 않았다. 조금씩, 아주 조금씩 주머니와 가까워졌어도 손가락에 감각이 거의 없어 제대로 찾을 수 없었다.

이제 고룡은 마을의 앞에 서서 오른팔을 뻗으려고 하고 있었다.

'안 돼, 늦을 것 같아!'

메비스가 절망에 휩싸였을 때, 키잉 하는 소리가 들렸다. 왠지 어디서 들어본 적 있는 듯한 소리가…….

키이이이잉……, 퍼엉!

『크아악!』

고룡이 뻗으려던 오른팔을 허둥지둥 거둬들이고 그 손바닥을 왼손으로 붙잡았다.

메비스가 하늘을 올려다보았다.

만약 그것이라면.

정말 그것이라면, 그건 하늘에 있으리라.

그리고 하늘을 본 메비스의 눈에 비친 것은.

"야호~!"

그렇게 소리친 열 살 전후의 소녀. 그리고 소녀가 올라타고 있는, 공격을 끝내고 완만한 하강에서 상승으로 전환한 낯익은 와이번.

"로, 로브레스!"

그렇다, 영주가 보내준 단 하나의 원군이 이제 막 도착한 것이다.

상공으로 날아오른 로브레스는 다시 완하강 태세에 들어갔다. 다시 한 번 공격에 나서려는 거겠지. 하지만 그건 너무도 무모했다.

『비룡 따위가 건방지게…….』

고룡이 로브레스를 자신에게 위해를 끼칠 수 있는 적으로 간주하고, 요격 태세에 들어갔기 때문이다.

얕은 각도로 접근해서 다시 공격을 가하려고, 로브레스가 입을 벌리려던 그 순간.

쿵!

고룡의 입에서 화구가 날아갔다.

조금 전 레나 무리를 향해 쏘았던 화염 형태가 아니라 말 그대로 화구, 불덩어리였다.

빠른 속도로 쏜 화구는 로브레스의 왼쪽 날개를 명중했고, 로브레스는 타고 있던 소녀의 비명과 함께 나무 사이로 추락했다. 등장해서 불과 수십 초밖에 되지 않는 활약이었다.

하지만 그 수십 초는 결코 헛되지 않았다.

로브레스와 소녀가 벌어준, 그 일말의 시간 사이에 메비스가 겨우 주머니에서 캡슐을 꺼내 뚜껑을 여는 데 성공했기 때문이다.

"부탁한다, 마이크로스!"

메비스는 마일에게 배웠던, '약효를 높이는 염원의 말'을 외친 다음 다시 한 번 그 내용물을 들이켰다.

"완전히 치유되는 건 나중이라도 좋아. 지금은 기력을 회복해서, 고통 따위는 무시하고 몸만 움직일 수 있으면 그걸로 족해! 우오오오오오!"

자신의 기력으로 육체를 컨트롤하려고 필사적이었다.

평소에 자신은 마법을 못 쓴다고 여겼던 터라, 그게 바로 '치유 마법'이라는 것을 알 리 없었다.

곧 고통이 사라지고 몸이 움직여지기 시작한 메비스는 그렇다고 부상이 완치된 건 아님을 이해했다.

그저 단순히 고통을 느끼지 않게 되었을 뿐. 최소한 필요한 뼈와 힘줄을, 기력으로 받쳐주고 있을 뿐. 하지만 그걸로 충분했다.

메비스는 주머니에서 오늘로 벌써 3개째인 캡슐을 또 꺼냈다.

머릿속에 마일의 말이 떠올랐다.

'한 번에 하나만 먹어야 해요. 도저히 안 될 상황이면 딱 하나만 더. 단, 그때는 절대 무모한 행동을 해서는 안 돼요. 이걸 쓰면 근육과 힘줄이 어느 정도 보강되지만 힘이 세지는 걸 쫓아가지 못하기 때문에 너무 무리하면 골절, 근육 파열 등이 일어나고 말아요. 그리고 3개 이상은 절대 먹으면 안 돼요. 원칙은 1개, 비상시에는 2개까지이고 그 경우에는 세심한 주의를 기울일 것. 알겠죠? 자칫 잘못하면 죽을지도 모르니까요!'

하지만 메비스는 당시 마일에게서 어떠한 정론으로 설득당하든 그것을 철저히 때려 부술 수 있는 마법의 말을 배웠었다. 그리고 3개째 캡슐의 내용물을 들이킨 후 그 말을 중얼거렸다.

"……그게 뭐 어쨌다고!"

메비스는 4개째 캡슐, 5개째 캡슐을 쥐고 물끄러미 바라보다가, 마일이 이따금 쓰는 결정적 대사를 빌렸다.

"지금 안 쓰면 언제 쓴다는 거야!"

그리고 그 두 캡슐의 내용물까지 모두 입에 털어 넣었다.

주 무기인 쇼트 소드는 조금 전 고룡의 공격을 받았을 때 어딘가로 날아가고 말았다.

지금 허리춤에 있는 것은 그, 부러진 걸 마일이 예비 단검으로 다시 만들어준, 집에서 가지고 나온 검뿐이었다.

메비스는 그 검을 스윽 빼냈다.

술렁, 술렁…….

주변 공기가 움직이는 듯한 느낌에 메비스가 미소를 지었다.

"너와의 실전은 이번이 처음이구나. 지금까지 요리에만 써서 미안했어. 이게 우리가 함께 싸우는 처음이자 마지막이 될지도 모르지만, 부디 잘 부탁한다!"

메비스의 말에 단검이 파르르 떨리는 것 같은 느낌이었다.

사락

"엥?"

사락, 사락, 사라락……

단검 칼날에서 바슬바슬 떨어지는 빛의 가루. 그리고 칼날에 나타난, 불길하게 빛나는 아름다운 물결무늬.

"그게 네 진짜 모습이니? 하하, 고룡은 물론이고 신과 악마마저 벨 수 있을 것 같군……."

눈에 띄지 않도록, 날이 너무 날카롭지 않게 만든 칼날 코팅. 그것을 자체 판단으로 해제한, 단검의 정비를 위해 달라붙어 있던 전속 나노머신들.

불우한 나날에 눈물 흘렸던 그 나노머신들 역시, 마일의 결정적 대사를 몇 번이나 들었던 것이다. 또한 자신들 역시 생각했다.

'지금 해제 안 하면 언제 해제하냐고!'

권한 레벨 5인 소녀를 위해 그렇게까지 목숨을 걸려고 한다면 함께 해주마.

그것이, 단검 전속 나노머신들의 총 의견이었다.

그리고 메비스는 단검과 함께 고룡을 향해 함성을 지르며 돌격했다.

고룡은 비룡이 나무 사이로 떨어지는 척하면서 아슬아슬하게 날아오를 가능성을 고려해서 잠시 숲속을 지켜보았지만, 아무래도 그럴 기색이 보이지 않아 다시 마을 쪽으로 몸을 돌렸다.

조금 전에 검을 썼던 인간이 옆에서 달려오는 것을 알았지만, 만전의 상태에서도 겨우 비늘을 긁은 정도다. 주 무기를 잃고, 예비 무기인 단검을 쥐고 있다. 그리고 몸이 너덜너덜한 상태이니 이제는 비늘조차 긁지 못할 것이다.

그렇게 판단한 고룡은 하고 싶은 대로 공격하게 내버려두었다.

팔이나 꼬리로 쓸어버리면 간단하지만 그냥 가만히 공격을 받고도 긁힌 상처 하나 나지 않았을 때, 그 무력감과 절망이야말로 고룡에 대한 두려움이 되고 그렇게 고룡은 전설이 된다.

그래서 자신에게 달려오는 존재를 알면서도 완전히 무시하고 공격을 받는 것조차 모른다는 포즈를…….

푹

『헉? 엥? 허억……』

너무도 경악스러워 이해가 되지 않았다.

고통을 느낄 여유조차 없었다.

불과 몇 센티미터 들어갔을 뿐인 조금 전 드릴바위보다 훨씬 깊게, 강고한 비늘과 강인한 외피를 뚫고 자신의 옆구리 깊숙이 꽂힌 단검.

고룡은 작열감이 느껴지는 자신의 옆구리를 그저 아연하게 쳐다보았다.

"우, 우오, 우오오오!"

메비스는 온힘을 다해 검을 움직이려 하고 있었다.

조금 전 실패를 감안해서 검을 휘둘러 베지 않고 찌르기를 선택하자, 무려 단검의 칼날 부분이 전부 고룡의 옆구리에 빨려 들어가 손잡이 조금 앞쪽까지 살에 완전히 파묻혔다.

검을 움직여보려고 했지만 정지한 상태에서 움직이려면 강력한 힘이 필요하고 강인한 외피와 비늘 그리고 복막과 복근을 가르며 검을 움직이는 것은 너무 난이도가 높았다.

뽑기만 하는 거라면 비교적 간단할지도 모른다. 하지만 키 차이 때문에 심장을 노리지 못하는 이상, 치명상을 입히려면 역시 크게 찢는 편이 좋겠다고 생각했던 것이다. 그게 정답인지 어떤지는 모르겠지만.

"으으으윽……."

메비스가 젖 먹던 힘까지 짜내자 검이 푹, 하고 살짝 움직인 듯한 느낌이 들었다.

더욱 힘을 주니 즈, 즈즈즈, 하고 분명히 움직였다.

"우오오오……."

뿌직

메비스의 몸 어딘가에서 기분 나쁜 소리가 들려왔다.

뿌직, 뿌직뿌직뿌직……

빠직

"크아아!"

뚝, 뿌직, 빠직, 푸싯!

"우아아아아!"

『으아아아아!』

한 템포 늦게 찾아온 격심한 고통에 더해, 자신의 배가 찢기는 장면을 제대로 보고 흥분한 고룡의 팔에 다시 한 번 휩쓸린 메비스는 레나 일행의 가까이에 떨어졌다.

레나를 비롯한 세 사람은 브레스를 받고 날아가기는 했지만 의식을 잃은 것은 아니었기 때문에, 겨우 기어가 바위벽 그늘로 몸을 피해 각각 치유마법을 쓰고 있었다. 그 근처에 중상을 입은 메비스가 떨어져서, 허둥지둥 뛰어 나가 다 함께 치유마법을 집중적으로 쏟아 부었다. 고룡 쪽은 제대로 확인하지도 않고…….

『네놈들, 인간 나부랭이가…….』

고룡은 옆구리에 난 상처에 치유마법을 걸어 지혈했지만, 한순간에 완치되는 것은 아니었다. 마일과 그녀의 가르침을 받은 폴린을 제외하고 빛의 속도로 치유 가능한 존재는 마르셀라 삼인방뿐이었다.

응급 지혈, 내장이 튀어나오지 않게 조치를 취한 고룡은 쓰러져 있는 메비스와 레나 일행을 노려보았다. 그리고 입을 크게 벌리고, 숨을 들이마신 다음 불꽃과 함께 단숨에…….

쾅!

부호오~!

상공을 향해 불꽃 브레스를 토했다.

안면에 바윗덩어리를 얻어맞아, 발사하기 직전 얼굴의 방향이 억지로 돌아갔기 때문이다.

『**누구냐!**』

극심한 분노로 입에서 뚝뚝, 거품 섞인 침을 흘리며 뒤돌아본 고룡의 눈에 비친 것은, 옷도 방어구도 머리카락도 엉망진창이 된 마일의 모습이었다. 고룡과 마찬가지로 분노 때문에 몸을 부들부들 떨면서 장승처럼 무섭게 서 있는 마일의 모습…….

"알고 있나요?"

그리고 마일은, 검지로 고룡을 가리키며 소리쳤다.

"당신은, 저를 화나게 만들었어요!"

제34장 마법전

마일은 화나 있었다.

옷도 방어구도 못 쓰게 되었고, 머리카락도 형편없이 헝클어졌다.

하지만 마일이 화난 이유는 그런 것 때문이 아니다.

친구가, 동료가 다쳤다. 죽기 직전까지 가고 말았다. 만약 자신이 조금이라도 늦었다면 분명 죽었을 것이다. 자신을 구하려고, 목숨을 걸고 필사적으로 싸워준 동료들이.

『말도 안 돼……. 인간이, 그런 대미지를 받고 그리 쉽게 회복될 리가 없는데! 너는……, 너는, 도대체 정체가 뭐냐!』

고룡이 소리치자 마일이 무표정으로 대답했다.

"저 말인가요? 저는, 어디에나 있는 그저 평범한 여자아이인데요, C등급 헌터인……."

『거짓말이야! 그 가면을 벗겨주마!』

슈웅!

키잉!

『헉…….』

죽여 버리면 진실을 토하게 할 수 없어서였는지 살짝 힘 조절이 들어간 듯 작고 폭발성 없는 불덩어리가 마일을 덮쳤지만, 간단히 튕겨나가고 말았다. 마일이 친 '격자 배리어' 때문에 말이다.

『너무 많이 힘 조절을 했나……. 그럼 이건 어떠냐.』

슈웅!

키잉!

『이, 이건…….』

슈웅!

키잉!

『마, 말도 안 돼! 그럼 진짜로…….』

슈웅!

키잉!

『………….』

슈웅!

키잉!

슈웅!

키잉!

슈웅!

키잉!

『뭐야…….』

"이번에는 제 차례군요."

정말 전력을 다해서 쏜 공격마법도 전부 간단히 튕겨나가 아연실색하고 있는 고룡에게 마일이 선고했다.

그리고 쏜, 간이 영창에 의한 공격마법.

"소립자 제어, 위상에너지 정류. 페이저(위상광선), 발사!"

츄웅!

몹시 가벼운 소리가 나더니 고룡의 어깨, 라고 할까 왼팔이 이어진 부근을 꿰뚫었다. 아마도 쳐져 있었을 마법 방어 따위는 아무 상관도 없이.

『**혁?**』

상황이 이해되지 않아 멍하니 입을 반쯤 벌린 고룡.

용종의 표정은 보통 읽히지 않기 마련이지만, 지금 상태는 누가 봐도 '멍하니 있다'로밖에 보이지 않으리라.

그리고 한 박자 늦게.

『**쿠웨에에에엑~!**』

고룡의 절규가 울려 퍼졌다.

어째서 마력량이 뒤처지는 마일이 마법 공격으로 싸워서 이겼을까? 그리고 어째서 마일이, 조금 전까지와 전혀 다르게 여유로운 태도가 되었을까?

거기에는 두 가지 이유가 있었다.

하나는 마일이 화가 났다는 것.

너무 많이 화가 나서, 공포와 절망 그리고 위축과 포기라는 마음이 어딘가로 날아가고 말았던 것이다.

그리고 또 하나는 마일이 깨달았기 때문이다. 생각보다 자신과 이 고룡의 힘에 차이가 없는 게 아닐까, 하고 말이다.

물론 마일의 능력은 이 세계에서 가장 강한 고룡의 절반일지도 모른다. 하지만 그건 지금 눈앞에 있는 고룡의 절반, 이라는 뜻이 아니다.

지금까지의 패턴으로 미루어 생각해보면, 아마도 고룡 중에서도 최강 고룡과 완전히 무능력한 존재의 평균치. 즉 최강 고룡의 약 절반이어야 한다. 딱히 이 고룡의 절반이 아니라.

만약 최강 고룡이 상상을 초월할 만큼 강하다면? 그리고 만약 이 고룡이 그리 강하지 않은 부류라면?

마일과 힘 차이가 별로 나지 않는 게 아닌가?

게다가 마일에게는 어드밴티지가 있다. 바로 전생에서 얻은 지식과 상상력이다.

마일은 46센티미터 포 발사 장면도, 500킬로그램 폭탄의 폭발도, 빔 병기의 위력도, 그리고 핵폭발 상황조차 이미지화할 수 있다. 아마 진짜 핵폭발은 나노머신이 거부하겠지만…….

이 세계의 사람들은 상상조차 불가능한 강력한 공격 이미지. 그것은 압도적인 우위에 있었다.

또 마일은 물리 현상의 원리도 어느 정도는 구체적으로 이미지화할 수 있었다. 그리고 다소 준비되지 않은 부분은 나노머신이 자동으로 지원해줄 터였다.

즉 마일은 같은 마력량을 지닌 다른 자들보다 훨씬 강력하면서도 효율적인 마법 행사가 가능했던 것이다. 그리고 그 효과가 바로 이것이었다.

검사들의 싸움이라면 역량 차이가 조금 나더라도 승부의 행방은 알 수 없다. 검이 상대의 급소를 향하면 이기기 때문이다. 약자의 럭키 히트도 충분히 있을 수 있는 이야기였다.

하지만 상대의 마법 공격은 몽땅 튕겨나갔고, 이쪽의 공격은 적의 실드를 종잇장처럼 관통했다. 이래서는 승부가 될 수 없다.

승패는 이미 결정 난 것 같았다.

하지만 그때.

『뭘 그렇게 떠들어, 시끄럽게!』

『무슨 일이야?』

예의 구멍에서 고룡 두 마리가 기어 나왔다.

새롭게 등장한 두 마리 고룡 중, 처음 고룡보다 훨씬 덩치가 큰 고룡이 주위를 둘러보더니, 필사적으로 메비스에게 회복 마법을 가하던 폴린과 레나, 그 앞을 가로막고 언제라도 방어 마법을 발동시킬 수 있게 자세를 취한 크레레이아 박사, 그리고 형편없는 몰골을 한 마일을 쳐다본 후 처음 나왔던 고룡을 질책했다.

『야, 웬스! 장로님이 항상 말씀하셨잖아! 하등생물을 학대해서는 안 된다고……, 앗, 아닌가? 네가 학대당한 쪽인가?』

어깨를 관통당해 피를 철철 흘리는 고룡 웬스의 상태를 보고 눈을 동그랗게 뜨는 연상의 고룡 베레데테스.

『아하, 아하하하하! 재밌어, 참 재밌다, 웬스! 인간한테, 인간한테 당한 고룡이라니! 아아, 평소에 이렇게만 나를 웃겨줬으면 사귀자고 한 거 받아줬을 텐데!』

족장의 딸 세라라가 그렇게 말하며 폭소하자, 웬스는 어깨에서 느껴지는 격심한 고통도 잊고 격앙되어 말했다.

『젠장, 인간 나부랭이 때문에 세라라한테 추태를 보이다

니……. 용서 못 해!』

그리고 웬스는 입을 쩍 벌려서 다시 한 번 전력을 다한 브레스를 토했다.

『야, 그만하라고, 바보야!』

베레데테스의 제지를 무시하고, 이번에는 불덩어리가 아니라 연속 브레스, 진짜 '드래곤 브레스'를 온힘을 다해 연이어 토하는 웬스. 마일이 브레스의 불꽃에 휩싸여 사라졌다.

『웬스, 너, 무슨 짓을…….』

웬스를 야유하고 놀리던 고룡 소녀 셰라라가 웬스의 설마 했던 폭거에 얼굴이 새파랗게 질렸다. 인간은 몰라도, 용종이라면 분명히 알 수 있는 동요하는 표정이었다.

인간 소녀가 눈앞에서 새끼고양이를 참살하는 광경을 목격한 것이나 다름없는 상황이니 그러는 것도 무리는 아니다.

『'하등생물 보호법' 위반이다! 장로님의 지도를…….』

베레데테스가 그렇게 말했을 때야 비로소 젊은 고룡 웬스가 브레스를 멈추었다.

그리고 그 시선의 끝에는, 멀쩡한 마일의 모습이 있었다.

『말도 안 돼…….』

『뭐야?』

『허어억?』

믿을 수 없다는 표정의 웬스와 놀라서 눈을 동그랗게 뜬 베레데테스, 셰라라.

한편 마일은 초조해하고 있었다.

겨우 역전에 성공했다고 생각했는데, 고룡이 세 마리로 늘어났으니 이제 승산이 별로 없었다.

지금은 일단 적의 숫자를 줄여야 한다고 판단하고, 공격마법을 쏘기로 했다.

표적은 마일 일행에게 적의를 품고 있는, 처음에 나온 고룡이었다. 나머지 두 마리는 평화주의자 같으니까.

상황 상 죽이는 것은 곤란하다. 일단 호전적인 저 고룡의 전투력을 빼앗고, 어떻게든 저 커다란 고룡과 대화가 가능한 상황으로 끌고 가야…….

만약 그게 힘들더라도 다른 한 마리는 몸집이 작다. 크고 작은 고룡이 한 마리씩 있으니, 어쩌면 이길 수 있을지도 모른다.

그렇게 생각한 마일은 처음에 만난 고룡 웬스를 향해 공격을 시작했다.

"……페이저, 발사!"

슝!

『그아아아악!』

이번에는 빔이 오른팔이 달린 부근을 관통하면서, 울부짖는 웬스.

그리고 자신이 온힘을 쏟아 발동한 방어 마법이 그대로 뚫려 당황하는 베레데테스.

『세라라, 내 뒤로 와! 진정해, 웬스! 동시 공격이다!』

베레데테스는 초조해하고 있었다.

설마 했던, 자신들 고룡에게 위해를 끼칠 수 있는 존재의 등장.

만에 하나라도 셰라라를 다치게 할 수는 없다.

부상은 치유마법으로 고칠 수 있지만, '셰라라를 다치게 만들었다'라는 사실 그 자체가 상당히 곤란했다.

셰라라를 위험에 노출시켜 고통스러운 기억을 안겨준다면, 셰라라를 끔찍이 아끼는 족장과 장로님이 얼마나 분노할지, 상상만 해도 등골이 오싹했다.

베레데테스가 도와준다는 것을 안 웬스는 조금이나마 안정을 되찾았다. 상처는 격심한 통증을 일으켰지만, 나중에 곧바로 셰라라가 특기인 치유마법으로 완치시켜 줄 것이다. 지금은 무엇보다도 불확정 요소, 위험의 배제가 우선이다.

『브레스, 방사!』

베레데테스의 신호와 함께 베레데테스, 웬스, 그리고 셰라까지 마일을 향해 브레스를 토했다.

하등생물 보호법?

그런 건 상대가 무력하고 자신들의 생각대로 될 때에 한한 '강자의 위선'이다. 자신들에게 불이익과 위험을 미칠 때는 간단히 무시한다.

아무리 강화되었다고는 하나, 마일의 방어 마법(격자력 배리어)은 고룡 세 마리분의 브레스를 완전히 막아낼 정도로 엄청난 성능은 아니었다. 파리~잉, 하는 소리가 나더니 격자력 배리어가 허무하게 부서졌고, 배리어 덕분에 면할 수 있었던 브레스가 마일의 왼팔을 살짝 스쳤다.

"으헉!"

마일은 엄청난 통증을 느끼면서도 치유마법보다 공격마법을 먼저 행사했다.

"페이저, 발사아앗!"

키잉!

하지만 마일의 반격은 고룡 세 마리분의 방어 마법에 쉽게 튕겨나갔다.

그리고 고통으로 표정이 일그러지는 마일에게, 다시 고룡들의 브레스에 의한 동시 공격이 가해졌다.

마일이 곧바로 힘을 쥐어짜 펼친 배리어는 금세 파괴되었지만, 그래도 브레스의 힘을 상당히 튕겨내 주었다. 하지만 브레스의 나머지 힘에 밀려 다시 뒤쪽 유적 암벽에 내동댕이쳐졌다.

"크허억!"

마일이 또 땅에 쓰러졌다.

……이길 수 없다.

과연, 고룡 세 마리는 이길 수 없다.

하지만, 그렇다고 포기할 것인가?

자신의 목숨. 그리고 모두의 목숨을.

마일은 이를 꽉 깨물었다.

……좋아, 아직 해볼 만하네.

저쪽이 세 마리면 이쪽도 세 사람분의 힘을 내면 되는 거다.

열여덟 살의 나이에 죽은 소녀, 쿠리하라 미사토.

열 살에 내 모든 의식이 합쳐진 어린 귀족 소녀, 아델 폰 아스컴.

그리고 지금의 나, 전생에서의 꿈을 이루기 위해 친구와 함께 싸우는 C급 헌터, '붉은 맹세'의 마일.

나의 세 가지 인생.

세 사람분의 꿈, 세 사람분의 소원, 그리고 세 사람분의 마음.

……적이 세 배로 늘어났다면, 나 역시 세 배의 힘을 내면 되는 거잖아?

마일은 다시 일어섰다.

그리고 세 마리의 고룡을 날카롭게 노려보았다.

『호오, 아직도 일어설 수 있다니……. 하지만 네가 이길 가능성은 없어. 순순히 항복하고 모든 것을 실토한다면 동료들과 함께 목숨만은 살려 주마.』

고룡 베레데테스의 말에 마일이 대답했다.

"당신들이 이길 가능성은 없습니다. 순순히 항복하고 모든 것을 실토한다면 동료들과 함께 목숨만은 살려 주겠습니다……."

『뭐라고……?』

『푸하하, 재밌는 녀석이네! 인간인 게 아까워…….』

고룡들의 반응을 무시하고 마일이 주문을 외웠다.

"나노머신!"

커다란 목소리로 소리친 그 말에, 주위 공기가 피잉, 하고 경직되는 듯한 느낌이 들었다.

"나노머신! 아이, 커맨드, 유우……."

고룡이 주문의 의미를 알 수 없도록, 지구의 언어로 나노머신에게 명령하는 마일.

만약 나노머신들이 지구의 언어를 모른다고 해도, 사념파를 받아들일 수 있으니 문제없다. 게다가 왠지 모르지만 신이 그 정도는 장치해놓았을 것 같았다.

이번에는 일본어로 한 명령.

"쿠리하라 미사토, 아델 폰 아스컴, 그리고 마일이 명령한다. 나의 명령을, 최우선으로 수락하라……."

『몇 번이고 해봐야 헛수고야. 우리 고룡이, 그것도 세 마리가 발동시킨 방어 마법이 뚫릴 리가…….』

퓨우우, 퍼엉!

『『『뭐야…….』』』

한 번의 공격에 방어 마법이 파괴되자 아연실색하는 고룡들.

『이, 이런……, 이런 말도 안 되는! 우리 고룡이 세 마리나 달려들어 친 방어 마법이, 고작 인간이 쏜 파이어 랜스 나부랭이에…….』

그 말을 들은 마일이 히죽 웃었다. 그렇다, 일생에 한 번은 말해보고 싶었던 그 대사 시리즈, 그중에서도 그걸 말할 기회가 찾아온 기쁨을 주체하지 못하고.

이윽고 마일의 입에서 그 말이 흘러나왔다.

"……방금 그건 상급 마법인 파이어 랜스가 아니야. 초급 마법인 파이어 볼이라고……."

마일의 그 말에 경악해서 눈이 휘둥그레지고 입이 쩌억 벌어진

고룡들.

하지만 사실은 마일이 전력을 쏟아 부어 쏜 파이어 랜스가 맞았다.

싸움에는 허세와 책략이 중요한 법이니까.

그런데 마일의 마법이 왜 갑자기 이렇게 말도 안 되는 위력을 갖게 되었을까?

……그렇다, 마일이 각성 후 처음으로 쓴 물마법이 폭발한 이유를 들었을 때, 나노머신은 처음에 이렇게 설명했었다.

『나노머신에게 지시를 명확하게 내렸기 때문에 마법 효과가 통상의 약 3.27배가 되었습니다』라고…….

그렇다면 권한 레벨 5인 마일이, 그때보다도 더욱 명확하게 명령을 내린다면?

그렇다, 그 결과가 바로 이것이었다.

『마, 말도 안 돼……. 있을 수 없는 일이야……. 고, 공격이다, 전력을 다해라!』

고오우!

그리고 용솟음친 세 줄기 브레스가 전부 마일보다 살짝 앞에서 터져 흩어졌다.

『이, 이런, 이런 일이……』

"썬더 볼트!"

두둥!

제일 처음에 등장했던 고룡 웬스에게 낙뢰가 꽂히자, 눈을 까뒤집은 웬스가 쿵 소리를 내며 땅에 쓰러졌다.

『뭐야, 번개? 자연을 조종하는 마법이라니!』

아무래도 고룡은 전기라는 개념을 모르기 때문에 번개마법을 쓰지 못하는 모양이었다.

"어때요? 이제 좀 항복할 생각이 드나요? 아, 이 마법은 위에서 떨어지게 하는 거라서 뒤를 보호해봐야 소용없어요. 항복 안 하면 먼저 뒤쪽에……."

『우오오오오오~!』

베레데테스가 마일을 향해 함성을 내지르며 돌진했다.

셰라라가 공격당하게 할 수는 없어, 절대로!

그리고 이쪽의 공격마법은 튕겨져 나가고 상대의 공격마법은 막을 수 없다. 위에서 공격이 오면 자신이 방패막이가 되어줄 수도 없다.

그렇다면 어떻게 해야 좋단 말인가.

……답은 간단했다.

마법이 안 되면 육탄전으로 밀고 나가면 그만이다. 단지 그것뿐인 이야기였다.

고룡의 거대한 체구에 의한 육탄 공격을 견딜 수 있는 생물 따위는 존재하지 않는다.

베레데테스의 몸에 충분한 가속이 붙었다. 이제 상대의 공격마법을 받고 쓰러진다고 해도, 상대의 몸을 덮쳐 눌러 뭉개버리면 된다.

'……이겼다!'

그렇게 생각한 베레데테스였는데, 상대가 전혀 움직이려고 하지 않자 의문 그리고 일말의 불안감을 느꼈다.

'아니, 그냥 단순히, 다가오는 고룡의 박력에 압도되어 못 움직이는 것뿐이다! 그것 말고 다른 이유 따위…….'

그리고 베레데테스는 끝까지 전혀 움직이지 않는 마일을 그대로 짓밟았다.

『그아아아아악~!』

마일을 짓밟은 베레데테스의 오른쪽 발등 위로 비죽 솟은 은색 검.

그렇다, 마일은 마법뿐만이 아니라 검을 사용하는 근접전도 가능했다.

허둥지둥 발을 들어 올린 베레데테스. 그리고 그 아래에서 멀쩡하기만 한 마일의 모습을 발견했다. 지금까지 입었던 부상은 이미 완전히 치유가 끝났다. 머리카락도 원래대로 돌아왔다. 안타깝게도 방어구와 옷은 너덜너덜한 상태 그대로였지만.

『어, 어째서! 어째서, 안 찌부러진 거야?!』

"자기 기술의 비밀을 일일이 적한테 말하는 건 바보 졸때기들이나 하는 짓이잖아요? 당신도 그런가요?"

『무, 무슨…….』

마일은 이번 전투 전까지는 자신의 몸이 고룡의 절반의 강도를 가지고 있다고 생각했었다.

하지만 조금 전 '뼈와 살이 으스러진 사건'을 겪으면서, 아무래도 그건 아닌 것 같다고 느끼게 되었다.

……생각해 보면 당연하다. 고룡과는 비교도 안 되는 크기의 뼈와 힘줄, 근육으로는 고룡의 절반에 해당하는 강도와 힘을 받칠 수 있을 리 없었다. 오리하르콘으로 된 골격, 탄소나노튜브로 된 근육 조직이 아닌 이상은…….

과연 신(자칭)도 인간의 소재, 인간의 크기로 고룡의 절반에 해당하는 강도와 힘을 지니게 하는 건 무리였으리라. 적어도 '인간'이라고 주장할 수 있는 범위 내에서는 말이다.

그렇다면 마일은 무슨 방법을 썼을까?

물론 신체 강화 마법이었다.

메비스와 달리, 육체 강도와 기초 능력이 엄청난 마일은 상당한 강화 마법에 견딜 수 있었다. 그리고 마일은 자신의 몸에 나노머신을 모을 수 있었다. 자신에게 치유마법을 걸게 하거나, 나노머신에게 직접 부탁하는 방식으로 말이다.

즉, 마이크로스를 마시지 않아도 똑같은 효과를 낼 수 있었다. 몇백 배, 몇천 배의 규모로.

아무래도 고룡을 날려 버리는 것은 역시 불가능하겠지만 그 체중을 받칠 수 있는 형태라면 체표면에 따라 펼친 배리어와 단단한 강화 마법을 변용하는 방법으로 가능할 것이다.

……라고 할까, 실제로 가능했다.

"자, 항복할 생각이 없는 것 같으니 뒤에 있는 분께, 어떤 생물이라도 한방에 목이 댕강 잘려 나가는『목 사냥 마법』이라도……."

『아, 안 돼애애애! 하지, 하지 마아아아~!』

쿠웅!

베레데테스가 필사적으로 소리친 그때, 땅이 흔들렸다. 모두 소리가 난 쪽을 쳐다보니 고룡 베레데테스의 뒤에 있던, 지금까지의 이야기로 미루어보아 소녀로 보이는 셰라라인가 하는 이름의 고룡이 땅에 대 자로 뻗어 있었다.

"……고룡의 완전 항복 동작이야."

언제든 방어 마법으로 레나 일행을 지키려고 잔뜩 긴장한 채 서서 대기하던 크레레이아 박사가 드디어 어깨에 힘을 빼고 그렇게 가르쳐 주었다.

웬스는 기절, 셰라라가 항복했으니 베레데테스 혼자 계속해서 싸울 수는 없었다. 주로 셰라라의 안전, 이라는 의미에서.

그리고 베레데테스 자신도 이미 전의를 상실한 상태였다. 애초에 싸우고 싶어서 싸운 것도 아니다. 대화로 해결될 수만 있다면 그보다 더 좋은 일은 없었다.

아니, 반드시 지켜야 하는 셰라라가 전면 항복한 셈이니 '제발 말로 합시다' 하고 머리를 조아려야 하는 입장이었다.

너무나도 믿기 힘든 상황이어서, 화가 난다거나 고룡의 자존심이 꺾였다는 생각조차 별로 들지 않았다.

베레데테스는 힘없이 중얼거렸다.

『항복한다…….』

제35장 유적

한숨 돌린 후 수인들을 물리치고 세 마리의 고룡과 '붉은 맹세' 플러스 크레레이아 박사라는, 다섯 명 대 세 마리의 협상이 진행되었다. 장소는 거대 구멍 근처였다. 고룡들은 건물에 들어갈 수 없으니, 야외에서 할 수밖에 없었다.

마일 일행과 마주보고 앉은 베레데테스는 싸움의 흥분이 가신 지금, 무척 의기소침한 상태였다. 아주 많이.

그리고 젊어서 그런지 고룡 치고는 생각이 얕고 혈기왕성한 웬스가 얌전히 있는 것은 심한 부상 때문이었다.

한편 셰라라는 태연한 얼굴이었다. 신변에 위험이 느껴지자 바로 항복을 선언했는데, 실은 꽤 만만치 않은 상대 같았다.

"먼저 확인부터 하겠습니다. 수인들에게 명령해 여기서 작업을 시킨 게 당신들, 고룡이 틀림없죠? 그리고 그건 당신들 셋의 독단이 아니라 고룡 일족의 종합적인 의견이고."

『그렇다.』

마일의 질문에 순순히 답하는 베레데테스. 아무래도 솔직하게 대답해 줄 모양이었다. 원래 정직한 걸까, 아니면 별로 중요한 이야기가 아니어서일까, 그것도 아니면 인간 따위가 알아봐야 별로 문제될 것 없다고 여겨서일까.

……나중에 입막음을 하면 된다, 하는 생각이 아니기를 부디 바랄 뿐이다.

"목적이 뭐죠?"

협상이라고 할까 신문이라고 할까, 아무튼 '붉은 맹세' 측의 대표는 마일이 맡았다. 달리 적절한 질문을 던질 수 있는 사람이 없었기 때문이다.

필요에 따라 크레레이아 박사도 질문에 가담할 테지만, 아직까지는 마일에게 맡기고 지켜보기만 했다.

한편 고룡 측의 대표는 최고연장자로 보이는 베레데테스였다. 다른 두 마리는 대화에 적극적으로 참여할 의사가 없어 보였다.

『그냥 발굴 조사일 뿐이야.』

베레데테스의 대답은 '거짓말이 아니다'와 '진실을 털어놓지는 않는다'가 양립했다. 이런 경우에는 질문자의 지식과 견식, 그리고 역량이 시험대에 오른다.

"뭘 발굴하는 건데요?"

『……유적이다.』

대답이 살짝 늦었다. 그리고 제대로 된 내용이 아니었다. 유적 발굴 조사의 목적이 유적이라니.

분명 거짓말은 아니지만, 누가 봐도 대충 얼버무린 대답이었다.

그런 대답을 마일이 받아들일 리는 없었다.

"뭘 찾는 거죠? 재물인가요, 어떤 정보인가요, 도구인가요, 마왕인가요, 사신인가요, 마물인가요, 무기인가요, 마법의 물건인가요, 기계인가요?"

『…………..』

입을 꾹 다문 베레데테스. 밝히고 싶지 않은 부분인 것 같았다.

"그걸 알려주지 않으면 이야기를 더 진행할 수 없어요. 수인들, 그것도 배후에 고룡 일족이 떡하니 버티고 있는 수인들이 인간의 영역에 침입해서 수상한 짓을 꾸미고 있는 걸 그럼 어떻게 받아들여야 하나요? 침략 행위라고 판단하면 전면적인 전쟁으로 번질 거예요. 수인과 고룡 대 인간의 처절한 살육이 일어나겠죠."

『우린 그럴 생각이 없어!』

"생각이 있든 없든 당신들이 하는 짓이 바로 그런 거라고요. 어느 날 갑자기 인간과 엘프와 드워프가 도당을 결성해서 고룡의 영역에 무단으로 침입. 그리고 수상한 공사를 시작. 무슨 상황인지 살피러 온 고룡들은 습격을 당하고 하나둘 행방불명. 그런데도 인간들은 아무 설명도 해주지 않고『악의는 없으니까』라고 말한다면, 당신들은 두 손 놓고 가만히 내버려 둘 수 있나요? 만약 그렇다고 한다면 지금 당장 그 뜻을 인간 측에 전달하겠습니다. 고룡의 구역에서 무슨 짓을 해도 상관없다는 언질을 던졌다고. 아, 지금, 그 뜻을 담은 증서라도 써주시겠어요?"

『그 무슨 말도 안 되는…….』

"지금 당신들이 딱 그렇게 하고 있는데요?"

『…………..』

입을 다무는 베레데테스.

"당신의 대답이 전면전에 방아쇠를 당길지, 그걸 피할 수 있을

지를 결정합니다. 자, 잘 생각해서 대답하세요."

『…………………』

무척 길게 느껴지는, 그러나 실제로는 불과 수십 초에 지나지 않았을 시간이 지난 후 베레데테스가 겨우 입을 열었다.

『……'잃어버린 문명'이다.』

"네?"

『이 세계에는 아득히 먼 옛날, 아주 발달된 문명을 가진 나라가 있었다고 한다. 그냥 전설에 불과하지만……, 아니, 전설에 불과하다고 생각했는데 그게…….』

"그게?"

베레데테스가 다시 말을 머뭇거리자 마일이 재촉했다.

『실재했을지도 모른다는 증거가 발견되었어.』

"네에에에에에~~?!"

옆에서 크레레이아 박사가 큰 목소리로 소리쳤다.

"서, 서, 설마, 초고대문명, 『선사 문명』이 실재했다는 증거를 발견했다는?!"

"아, 알고 있었나! 크레레이?!"(만화 『돌격! 남자 훈련소』의 패러디)

"이상하게 줄여 부르지 마라!"

자기도 모르게 웃기려는 습관이 나와 버린 마일이 박사에게 혼났다.

"선사 문명. 그건 아득히 먼 옛날에 눈부신 번영을 이루었다는 전설의 나라야. 그 나라 사람들은 집 안에 앉아 있는 채로 전 세계의 일을 보고 들을 수 있었고, 바다 밑바닥에 잠길 수도, 하늘을 날 수도, 밤하늘에 떠 있는 별들을 가질 수도 있었다고 해. 기근도 전쟁도 없는, 그야말로 신들이 사는 천상계 같은 나라였다고……. 인간은 세대교체가 빨라서 전승되지 못했지만, 수명이 긴 종족인 고룡과 엘프, 정령들 사이에서는 아직도 전해 내려오고 있는 이야기지…….”

크레레이아 박사의 설명 중 ‘하늘을 난다’는 대목에서 표정이 굳는 레나.

그리고 마일은.

“이, 있어요?! 정령이?! 그, 그럼 요, 요정은?!”

이상한 부분에 꽂혔다.

“그게 지금 무슨 상관이야!”

그리고 박사에게 또 혼났다.“아무튼 대발견이야, 그게 정말 사실이라면! 그 증거가 뭐야?! 어디서 발견됐는데?! 상황은?!”

크레레이아 박사가 입에서 거품을 마구 튀기며 열을 올리자, 고룡 베레데테스도 곤혹스러워했다.

『모, 몰라. 우리는 전문 학자가 아니란 말이다. 우리 고룡이 여기저기서 직접 조사할 수 없으니까 각지에 있는 마족과 수인에게 대신 조사를 시키고, 우리는 작업 상황을 확인하거나 뭔가가 발견되었을 때 올 뿐, 단순한 연락원에 지나지 않으니까 말이지. 그리고 이번에는 애까지 떠넘겨……, 아, 아니, 아무것도 아니야!』

세라라가 노려보자 베레데테스는 허둥지둥 말을 얼버무렸다.

『아무튼 이곳 발굴 조사를 담당한 수인들로부터 뭔가가 발견되었다는 보고가 들어와서, 나와 견습생인 웬스, 그리고 족장과 장

로를 졸라 억지로 따라온 세라라까지 총 3룡이 확인하러 온 거야. 그게 전부야. 그리고 확인 결과 이곳은 '꽝'으로 판명 났어.』

3룡? 하고 마일은 귀에 익숙하지 않은 단어에 고개를 갸우뚱거렸는데, 생각해보면 인간이 자신들보고 몇 마리라고 말하지 않는 것처럼 고룡 역시 자신들을 몇 마리가 아니라 특별하게 세는 용어를 써도 이상하지 않았다.

자기도 모르게 생각이 삼천포로 빠졌다가 다시 돌아온 마일.

"꽝?"

『그래. 이곳은 '잃어버린 문명'보다 새로운 시대의 것으로, 그저 단순히 '잃어버린 시대'를 신격화해서 숭상했던 자들이 만든 것이 지나지 않았어. 신전으로 보이는 큰 방의 벽면에 이해할 수 없는 공상화가 그려져 있었을 뿐, 아무런 의미도 없었지. 더는 여기에 볼일이 없어. 수인들을 철수시킬게. 그럼 더는 문제없겠지?!』

베레데테스는 그렇게 이야기를 마무리 지으려고 했지만, 그렇게 엿장수 마음대로는 안 된다.

"그 말은, 여기에서는 용무가 끝났다는 말일 뿐이잖아요? 그럼 다음에는 또 다른 곳에서 똑같이 할 건가요? 또 은밀하게 침입해서, 가까이 접근하는 사람을 붙잡아가며?"

『............』

"그리고 수인뿐 아니라 마족도 뒤에서 몰래 활약하고 있다고?"

『..................』

마일의 날카로운 지적에 괜한 정보를 흘리고 말았음을 깨닫고 입을 꾹 다무는 베레데테스.

"그리고, 뭘 위해서 그『잃어버린 문명』인가 하는 유적을 찾고 있는 거죠? 그 목적이……."

『몰라! 그리고 설령 안다고 해도 하나부터 열까지 전부 말할 수 있을 리 없잖아!』

하긴 그의 말이 맞았다. 포로에게도 묵비권이라는 게 있고, 솔직히 말해주는 건 전쟁을 피하기 위해 '여기까지는 말해도 문제 없겠지' 하고 판단한 부분만일 것이다. 게다가 어쩌면 정말 모를지도 모른다. 말단 연락원에게 모든 내용을 알려줬을 거라고 단정할 수는 없다.

고룡의 생김새와 말투는 왠지 대단해 보이지만, 조금 전 이야기를 고려해도 이 고룡은 그리 높은 위치가 아니라 그저 말단 심부름꾼으로 아직 애송이인 것 같았다. 하물며 견습생 그리고 흥미 위주로 따라왔을 뿐인 아가씨 고룡은 더 말할 것도 없다.

더 이상 정보 수집은 무리이고, 고룡을 붙잡아 영주님에게 인도하는 것 역시 힘들 듯했다. 고룡 일족을 정말 적으로 돌린다면 대참사가 벌어질 것이다.

모든 일은 시작하는 타이밍보다 끝나는 타이밍을 잘 판단하는 것이 수백 배 중요하고 또한 어렵다. 마일은 전생에서 보고 들었던 뉴스나 사고, 전쟁 교훈 등을 통해 그 점을 잘 이해하고 있었다. 그리고 지금 자신들은 그저 일개 C등급 헌터일 뿐인 만큼, 독단으로 고룡을 붙잡거나 종족 간의 전쟁에 방아쇠를 당겨서는 안 되었다. 결코 말이다.

그런 건 나라의 높은 사람들이 결정할 일이고, 그럴 만한 입장인 사람 혹은 그에 어울리는 보수를 받은 자가 맡는 것이 옳았다. 적어도 금화 몇십 닢을 받은 것이 전부인 네 신인 헌터 소녀들이 할 만한 일은 아니다.

"……알겠습니다. 그럼 그 『발견한 유적』인가 뭔가를 보여주면 저희는 순순히 물러나죠. 그쪽은 더 이상 이곳에 용무가 없다면 가급적 신속하게 철수해주시는 걸로. 가능하면 왕도에서 병사가 오기 전에 떠나야 성가신 일이 생기지 않고 끝나요. 영주님께는 문제가 커지지 않도록 적당히 생략해서 보고를 올리겠습니다만, 아마 왕궁에도 보고가 들어갈 테니 또 똑같은 일이 일어날 가능성에 대해서는 미리 언급해두겠습니다. 그렇게 하면 마주치자마자 갑자기 전투 개시, 같은 상황을 막을 수 있을지도 모르니까요. 이렇게 하면 되겠죠?"

베레데테스가 잠시 고민한 후 고개를 끄덕였다.

『그렇게 부탁한다.』

마일이 좌우를 살피니 레나, 메비스, 폴린 그리고 크레레이아 박사도 수긍했다.

박사는 아무래도 '영주에게 고용된 조사원'으로서보다는 연구자로서, 그리고 엘프의 입장에서 판단을 내린 것 같았다. 뭐, 당연하다면 당연하겠지.

"그럼 셰라라 씨, 안내를 부탁드립니다."

『뭐? 내가?』

갑자기 언급되어 깜짝 놀란 셰라라였지만, 마일로서는 당연한 판단이었다.

언제 마음을 바꾸어 공격할지 모르는 고룡 세 마리를 두고 지하로 들어가는 것도, 전투력이 높은 베레데테스와 같이 들어가는 것도 사양이다. 지금은 가장 약해 보이면서 인질, 아니 용질로 가장 효과적인 셰라라를 데리고 가는 것 말고 다른 선택지는 없었다.

마일은 혹시 몰라 무영창으로 모두에게 배리어를 쳐 놓았다.

"그럼 가볼까요……?"

고룡 소녀(라고 해도 겉으로 봐서는 잘 모르겠지만) 셰라라의 안내로 거대한 구멍을 통해 지하로 내려간 마일 일행은 구멍을 뚫는 과정에서 토사가 무너진 듯한 흔적을 넘고 그 너머에 뚫린 공간을 통해 큰 방 같은 곳으로 들어갔다. 아마도 이곳이 베레데테스가 말했던 '신전 같은 큰 방'이리라.

셰라라는 몸이 커서 방 안에는 들어갈 수 없었다. 무리하면 신전이 무너져 파묻히고 말 것이다. 마일 일행 모두.

그렇게 되지 않도록 셰라라는 구멍 밖에서 목만 넣었다. 조금 전에 구멍을 통해 지상으로 나오기 전에도, 세 마리 모두 머리만 넣어 안을 확인한 모양이었다.

"잘 들으세요, 셰라라 씨. 지금 당신의 목에 감겨 있는 건 아주 가늘고 무척 강인한 실이에요. 만약 목을 갑자기 움츠린다면 뎅강, 하고……."

『허, 허어어억!』

꽤 뻔뻔하다고 생각했던 셰라라는 자기 목숨에 관해서만큼은 의외로 겁이 많았다.

달아나지 못하게 단단히 겁박을 준 마일 일행은 큰 방 확인을 시작했다.

"라이팅!"

마일의 마법으로 방이 순식간에 환해졌다.

"이, 이건……."

불에 비쳐 눈에 들어오기 시작한 큰 방.

큰 방이라고는 했지만, 그렇게 넓지는 않았다. 딱히 제단이 있는 것도, 종교적인 물건이 놓여 있는 것도 아니었고, 그저 텅 빈 공간이 펼쳐져 있을 뿐이었다.

하지만 왜 베레데테스가 이곳을 '신전'이라고 말했는지는 알 것 같았다.

벽면.

돔 형태의 큰방 벽면 전체에 그림이 그려져 있었다.

물감이나 안료(顔料)를 바른 것이 아니다. 분명 막대한 수의 여러 가지 색깔 돌을 모아 그것들을 조합해 만든 것 같았고, 정신이 아득해질 정도의 시간과 노력을 쏟은 듯 장대한 타일화.

아니, 각각의 돌은 타일 모양이 아니니까 '타일화'라고 할 수 없나. 아무튼 막대한 수의 색깔 돌을 모아서 만든 벽화였다.

과연 이런 식이면 오랜 세월이 흘러도 퇴색되지 않을 것이고, 벗겨져 떨어진 흔적도 없는 것을 보아 단순히 붙이기만 한 것이 아니라 벽에 박아 넣는 등 어떤 방법을 썼으리라. 이렇게까지 정성들인 자들이 그 부분을 허술하게 할 리가 없다.

너무도 많은 정성이 들어간 벽화에 깜짝 놀라는 레나, 메비스,

폴린, 크레레이아 박사.

그리고 입을 반쯤 벌린 마일이 놀란 부분은 그 막대한 수고를 상상해서가 아니었다.

"뭐, 뭐예요, 이게……."

다른 사람들 눈에는 이렇게 보였을지도 모른다.

어지럽게 뒤섞여 자란 이상한 식물, 해파리와 물고기.

그렇다면 이건 해저를 그린 그림?

인간, 엘프, 드워프, 수인, 그리고 마족들이 사이좋게 지내는 평화를 향한 염원을 나타낸 그림. 그리고 그 옆에는 고룡처럼 보이기도 하는 용종의 모습도 있었다.

그밖에 다양한 장면, 다양한 생물 그리고 뭔지 모를 온갖 것을 그린 그림이 무수한 색깔 돌의 조합으로 벽면에 그려져 있었다.

"몽상적인 그림이네……."

"처음 봤어, 이런 건……."

"언젠가 정말 이렇게 평화로운 세계가 오면 좋겠네요……."

메비스, 레나, 폴린이 그림을 정신없이 바라보며 그렇게 말했지만, 크레레이아 박사는 뭔가 어려운 표정으로 입을 꾹 다물었다.

그리고 마일로 말할 것 같으면.

"어, 어떻게 이게……."

마일의 눈에 그 그림은 이렇게 보였다.

빽빽이 늘어선 고층빌딩 숲.

하늘로 떠오르는 우주선. 로켓이 아니라 '우주선'이다.

이리저리 날아다니는 에어카.

연구자 같은 옷을 입은 몇몇 사람 그리고 아기에서 어린이까지의 연령으로 보이는 다른 종족 인간들.

그리고 꼭 반려견처럼 그 옆에서 몸을 둥글게 말고 있는 작은 드래곤.

마일은 왠지 이해가 되었다.

아마도 이건 말도 안 되는 정경을 상상해서 그린, 그저 공상화에 불과하다는 것을.

누군가가 이 그림을 후세에 남겨야만 한다고 생각해서 막대한 시간과 노력을, 아마도 그의 여생을 대부분 할애해서 만들어냈다는 것을.

수백 년 정도만 유지할 계획이었다면 그냥 평범하게 그림을 그리면 된다. 그러면 금방 완성되었을 것이다. 그런데 이렇게까지 정성을 들여 이걸 만들었다는 것은.

그자는 이 그림이 도대체 얼마나 긴 세월을 견뎌주길 바랐던 것일까.

그리고 이 그림을 도대체 누구에게 보여주고 싶었던 것일까…….

마일은 기억을 떠올렸다.

그때, 신(자칭)이 했던 말을 말이다.

'사실 그 세계는 몇 번인가 문명의 붕괴를 거치는 과정에서 모든 기술을 잃어버린 인간이 극소수로 살아남았기 때문에 구제책과 실험을 겸해 저희가 대규모로 관여했습니다만…….'

그 '대규모 관여'란 익히 아는 나노머신을 가리키는 것이었다.

"………………."

마일은 박사와 마찬가지로 아무 말 없이 서 있을 뿐이었다.

*　*

"그럼 저희는 이만. 여러분도 빨리 철수해 주세요, 인간과의 분쟁을 피하고 싶다면 말이죠……."

『잠깐만!』

유적 확인을 마치고 약속대로 물러가려는 마일 일행을 베레데테스가 붙잡았다.

『우리만 정보를 주는 건 너무 불공평하고, 우리도 위에 보고해야 하는 게 있다고. 너희도 정보를 제공해줄 것을 요구한다!』

또 귀찮게, 하고 생각한 마일이었지만, 상대편의 주장도 일리가 있었다. 그들도 상사에게 보고를 올려야 하는데 아무런 정보도 없으면 입장이 말이 아니겠지. 말단이나 중간 관리직은 괴로운 법이다.

게다가 자신들은 인간 측으로서 당연한 일을 했을 뿐이니, 켕길 것도 감출 것도 없었다.

그렇게 생각하자 무턱대고 거절하려니 불쌍한 마음이 들었다.

"……그래서, 묻고 싶은 게 뭔데요?"

마일이 묻자 베레데테스는 그 거대한 손가락으로 마일을 지목했다.

『바로 너다! 네 정체를 밝혀라!』

""""""엥……."""""""

그 자리에 있던 전원이 마일을 쳐다보았다.

특히 크레레이아 박사는 뚫어지게 쳐다보았다.

어쩔 수 없다.

마일은 고룡 베레데테스의 질문에 솔직하게 답하기로 했다.

"제 정체, 말씀인가요……. 알겠어요, 알려드리죠. 저의 정체는……."

레나, 메비스, 폴린이 숨을 삼켰다.

"어떤 때는 자작가의 외동딸, 또 어떤 때는 C등급 헌터. 그러나 그 실체는!"

꿀꺽, 하고 크레레이아 박사가 마른 침을 삼켰다.

"어디에나 있는 흔하고 평범한 소녀, 마일입니다!

『『『""""""거짓마아아아아아아아아아알!""""""』』』

모두 입을 모아 쏘아붙였다.

『거짓말 하지 마! 네가 그냥 평범한 인간이라고?!』

"하지만 아버지도 어머니도 대대로 이어진 귀족 가문의 본가 출신이니까, 적어도 열 세대 이내에는 다른 종족의 피가 섞여 있지 않을 거라고 생각하는데요……."

『뭐, 뭐라고…………』

마일의 말에 아연실색하는 베레데테스.

『하, 하긴 인간 냄새밖에 안 나긴 하는데……. 하지만 그럴 리가…….』

마일은 당황해서 킁킁 자신의 냄새를 맡아 보았지만, 그렇게 냄새가 나지는……, 아니, 땀내가 상당히 나기는 했다. 하지만 그건 어쩔 수 없다! 어쩔 수 없는 거라고!

『그럼 어째서 그렇게 강한 거냐! 어째서 고룡과 싸울 수 있는 거야?!』

베레데테스가 묻자 마일은 손가락을 세우며 의기양양하게 대답했다.

"그건, 제 영혼이 전율했고, 마음이 불타올랐기 때문이에요!

『엥……. 너, 너는 정말로, 순혈이 맞나? 사실은 순혈이 아니지?!』

"마일은 두려움으로 가득 찬 그 질문에 생글생글 웃었다.

"아, 네, 저는 이 나라 출신이 아니니까 순혈은……."

"그 말이 아니잖아아아앗!"

여전한 마일과 레나였다.

어이없어하며 가만히 서 있는 세 마리 고룡을 뒤로 하고, '붉은 맹세' 네 사람과 크레레이아 박사가 그 자리를 떠나려고 했을 때.

쿵, 쿵

뭔가가 나무 사이에서 등장했다.

""""""로, 로브레스!""""""

((((완전히 까먹고 있었다…….))))

그래도 (시간을 벌어줘서) 모두를 위기에서 구해준 은인에게 너무 심한 처사였다.

로브레스의 목을 껴안고 있던 열 살 남짓의 소녀가 훌쩍 뛰어

내리더니, 마일 일행에게로 달려와 입을 열었다.

"멍멍!"

"""""헉, 엘시이이이이이~~~?!"""""

"아, 저는 첼시라고 합니다. 로브레스의 기승원이에요. 여러분의 원군으로, 영주님의 명을 받고 왔습니다!"

""""""허어어어억?!""""""

부상당한 로브레스의 왼쪽 날개에 치유마법을 걸어주면서 마일 일행이 소녀에게 들은 이야기에 따르면, 아무래도 그 남자 마술사(이름은 까먹었다)는 본인의 계획대로 일이 진행되지 않은 모양이었다.

영주에게 '왕도에 가고 싶다'고 뜻을 밝혔지만, 그건 영주에게 한 푼의 이득도 없었기 때문에 즉시 거절당했다나 뭐라나.

생각해보면 당연하다. 피해를 입은 것은 이 영지의 백성들과 이곳 영주의 병사들이다. 그런 마술사를 왕도로 보내 옛 연줄 따위로 왕궁에 입성한다고 해서 이 영지에 이득이 되는 것은 하나도 없다. 피해를 받은 만큼 완전한 손해다.

그렇게 하는 것보다는 인간이 부릴 수 있는 와이번 그리고 그 방법을 생각해냈다는 마술사를 자기 곁에 붙잡아두고, 영지를 위해 굴리는 편이 훨씬 좋은 방책이다.

애초에 이 영지 내의 사법권은 영주에게 있어서, 영지 내에서 죄를 저지른 자를 굳이 왕궁에 보낼 이유는 없었다. 영지 내에서 원하는 처벌을 내리면 그만이다. 그저 강제 노동으로, 와이번 조련 방법을 다른 사람에게 전수하는 처벌을…….

그리고 연금 상태에서 와이번의 조련 방법을 가르치길 강요받은 마술사는 처음에는 온갖 변명을 둘러대며 발뺌하려고 했지만, 결국 영주가 '고문'이라는 단어를 입에 담자 겨우 진실을 고백했다고 한다. '로브레스는『어쩌다가』 성공한 거고, 애초에 조련법 따위는 존재하지 않는다'라는 진실을…….

격노한 영주는 마술사에게 일을 시키고 그 일당을 피해를 입은 마을 사람들과 병사들에게 나눠주기로 했다고 한다.

그리고 로브레스를 전력으로 영주군에 편입하면서, 그 기승자를 뽑게 되었다.

하지만 로브레스가 병사를 등에 태우는 것을 너무 싫어했고, 성인 남성이 무기와 방어구를 걸친 채 올라타면 로브레스가 비행하기 위해서는 항상 마법을 계속 써야 하기 때문에 행동 범위와 전투 능력이 대폭으로 떨어졌다. 게다가 로브레스에게 올라타기를 희망하는 병사는 한 사람도 없었다.

그래서 마술사의 의견도 반영하여, '몸무게가 가볍고, 방어구를 입지 않아도 되고, 명령을 거스르지 않고, 로브레스가 태우기를 싫어하지 않는, 쓰다가 버려도 괜찮은 자'로, 친인척이 없는 소녀들 가운데 적성이 맞는 사람을 선택했다.

그게 바로 슬럼가의 허기와 빈곤 속을 기어 다니며 살아온 이 소녀였다.

"그동안 이름이 없어서『먼지』라든가『쓰레기』라고 불려왔는데,

분클리프트 님께서『첼시』라는 멋진 이름을 붙여 주셨답니다! 그래서 분클리프트 님과 저, 로브레스가 셋이서 비행 훈련을 하며 행복하게 살 수 있게 되었어요. 굶주리지도 않고, 침대에서 잘 수 있고, 분클리프트 님과 로브레스와도 같이 살 수 있는 정말 꿈같은 생활을……."

그렇게 기쁜 듯이 말하는 소녀.

놀라운 것은 이 소녀가 그 마술사의 처지를 정확하게 이해했다는 것이다.

마술사가 스스로 말했는지, 아니면 다른 사람에게서 들었는지, 그것도 아니면 소문을 모아 스스로 판단한 것인지는 잘 모르겠지만, 어쨌든 슬럼가 출신에 열 살배기 소녀 치고는 상당히 뛰어난 이해력이었다.

게다가 그 마술사가 별로 칭찬받지 못할 인물임을 알면서도 자신의 은인이라며 감사하고, 은혜롭게 느끼고 있는 것도 대단했다. 자신이 쓰다 버려질 도구일 뿐임을 알면서도 말이다.

"하지만 무슨 영문인지 인사랑 대답은『멍멍!』이라고 하라고 하셔서……. 이유가 뭘까요? 저, 노예만도 못한, 강아지 취급을 받고 있는 건가요? 하지만 그런 것치고는 엄청 예뻐해 주시는데, 분클리프트 님이……."

""""""아하하하하…….""""""

힘없이 마른 미소를 흘리는 네 사람이었다…….

하지만 '붉은 맹세' 멤버들은 내심 놀랐다.

영주가 실은 그리 나쁜 인물이 아닐지도 모른다는 의혹이 떠올랐기 때문이다.

아니, 그걸 과연 '의혹'이라고 해야 할지…….

아무튼 감시역이 아니라 정말로 '늦지 않게 내밀 최대의 결정적 카드'를 아낌없이 보내준 것, 그 마술사의 급료를 피해자들에게 나눠준 것 등, 보통 귀족들은 하지 않는 행동이다.

애초에 마술사는 형벌 대신 일하는 것이라 일당을 줄 필요가 없다. 그걸 조금이나마 피해자에게 주려는 마음 씀씀이인 것일까…….

또 마술사와 첼시가 행복하게 살 정도의 예산까지 할애하지 않았는가. 범죄자와 슬럼가의 고아라면 최소한의 생활만 보장하더라도 아무도 불평하지 않을 텐데도 불구하고 말이다.

레나가 불쑥 중얼거렸다.

"어쩌면 여기 영주, 꽤 좋은 사람이 아닐까?"

"정말, 저번에 돈 줘서 좋았어요……."

폴린에게 '좋은 사람'의 기준은 다른 사람들과 조금 다른 모양이었다.

뭐 이러니저러니 해도 다들 꽤 행복해진 것 같아서 만족스러웠다.

그러는 동안 로브레스의 상처도 완전히 나았다.

마일과 폴린과 크레레이아 박사가 치유마법을 계속해서 걸어주었으니 당연하다. 이 과열 전력으로는, 뇌사 상태만 아니라면 목만 있는 상태라도 부활 가능하지 않을까 싶다.

“아, 크레레이아 박사님. 첼시랑 둘이 로브레스를 타고 먼저 영도로 돌아가시지 않을래요? 왕도에서 사자와 병사가 출발하기 전에 속보를 알릴 사자를 보내는 편이 좋잖아요? 그러려면 길드랑 영주님께 보고를 조금이라도 빨리 하는 게 좋으니까…….”

“엥? 에에엥?”

마일의 제안에 동요하는 크레레이아 박사.

마일의 옆에 계속 붙어 있으면서 비밀을 캐내고 싶다.

하지만 하늘도 날아 보고 싶다! 평생에 한 번 있을까 말까 한 기회가 아닌가!

하지만 하늘을 나는 건 좀 무서운데!

하지만 받은 임무는 조금이라도 빨리 보고할 의무가 있다. 왕도에서 보낸 사자와 병사들이 도착하기를 기다리지 않고, 영주가 이미 병사 준비를 시작했을지도 모르고…….

이런저런 생각이 머릿속을 마구 헤집어서, 정리가 잘 되지 않았다.

“하, 하지만 로브레스가 싫어하면…….”

겨우 그렇게 대답하는 것이 최선인 크레레이아 박사였는데…….

“로브레스, 괜찮지? 기꺼이 태워 줄 거지?”

마일이 생긋 미소를 지으며 묻자, 로브레스는 마치 고장 난 장난감처럼 필사적으로 고개를 위아래로 끄덕였다.

다 나은 날개를 불안한 듯 몇 번인가 퍼덕여 확인한 후에야 겨우 안심했는지 로브레스는 첼시와 크레레이아 박사를 태우고 하늘로 날아올랐다.

출발 전에 박사와는 '어디까지 보고할지' 미리 의논이 끝난 상태였다.

고룡 세 마리도 바로 뒤에서 입을 꾹 다물고 그 이야기를 들었다. 그래서 마일 일행이 의뢰인에게 '거짓말은 아니지만 의도적으로 생략한 보고'를 올리는 것으로 결정되어, 언쟁이 일어날 수 있는 확률을 최대한 낮추려 한다는 사실은 이해한 것 같았다.

고룡들이 수인과 마족들을 부려서 각지의 유적 조사를 계속 진행하는 한, 또 언제 어딘가에서 인간이나 엘프, 드워프들과 분쟁이 얼마든지 일어날 수 있다.

하지만 그것은 그때 당사자끼리 해결하면 될 일이다. 딱히 '붉은 맹세'가 모든 다툼을 어떻게 해줘야만 할 의무는 없다. 그런 일은 수주하지 않았으니까.

그때는 또 다른 헌터나 용사들이 받아서 하겠지. 그에 상응하는 금화나 혹은 공주님과의 결혼 등을 보상금으로 걸고.

의뢰를 받지도 않았는데 괜히 끼어들어서 그런 것들을 가로채면 미안하지 않은가.

"자, 이번에야말로 정말 출발하자. 『붉은 맹세』 의뢰를 완수하고, 영도로 귀환한다!"

"""""하앗!"""""

크레레이아 박사가 없기 때문에 이번에는 레나의 목소리에 모두의 대답이 일치했고, 그렇게 '붉은 맹세'는 영도를 향해 길을 나섰다.

아무 말 없이 그 뒷모습을 눈으로 배웅하는 세 마리 고룡을 남겨두고.

『베레데테스…….』

『……왜?』

셰라라가 불쑥 중얼거렸다.

『……따라가면 안 되겠지?』

『헉! 뭐, 뭐라는 거야!』

『나도 알아. 그냥 물어만 본 거야.』

『……그래?』

하지만 베레데테스는 셰라라가 왜 그런 말을 했는지 왠지 알 것 같았다.

자신도 잠깐, 아주 잠깐이지만 그런 생각을 했으니까.

무슨 영문인지, 저 사람들을 따라가면 재미있고 따분하지 않은 나날이 기다리고 있을 것만 같았다.

그렇다, 고룡 역시 나노머신까지는 아니더라도 기나긴 삶이 지루해 주체하지 못하는 종족이었던 것이다.

제36장 고민

“자, 길드에는 아까 의논한 대로 보고하는 거야. 영주님께는 크레레이아 박사가 보고해줄 테니까 우리는 할 필요가 없을 것 같고. 어쩌면 길드에도 형식적인 보고만으로 끝날지도 몰라. 아마 박사가 영주님께 올릴 보고에 길드 마스터도 함께 할 것 같으니까…….”

걸음을 옮기며 레나가 말하자 모두 고개를 끄덕였다.

조금 전, 크레레이아 박사까지 넣어서 회의(고룡 세 마리도 들었다. 첼시는 로브레스의 상태를 확인해야 한다면서 참여하지 않았다)에서 결정한 ‘영주에게 올릴 보고 내용’은 다음과 같았다.

수인들은 고룡의 지시로 유적 조사를 하고 있었다. 이유는 고룡들의 연구 때문이다. 수인들 역시 고룡에 대한 의리와 약간의 보수를 위해 도와주었을 뿐이지 침략 등의 의도는 전혀 없었다.

유적은 그냥 돌로 된 건물 폐허로, 공상화가 그려져 있는 정도였다. 수인들은 ‘꽝’으로 여기고 이미 철수 준비를 시작한 상태다. 지금 현장으로 출발해봐야 아마 아무도 없을 것이다.

처음에는 수인들에게 발각되어서 또 싸움이 벌어질 뻔 했는데 그때 고룡이 나타나 수인들과의 싸움이 중단되었다. 그리고 조사대의 장비를 전부 돌려주었다.

……거짓말은 아니다. 과연.

수인, 고룡과 본격적인 싸움이 있었다는 사실은 전면적으로 생략했다.

솔직하게 말해봐야 인간 쪽에 위기감과 시의심만 키울 뿐, 애초에 소녀 네 명이 수십 명의 수인 그리고 세 마리나 되는 고룡을 상대로 싸워서 승리를 거두었다고 말해도 아무도 믿어주지 않으리라.

자칫 잘못했다간 거짓말쟁이 취급을 받거나, 사실은 현장에 가보지도 않고 대충 둘러대고 있을 뿐이라면서 의뢰 보수를 지급해주지 않을 가능성마저 있다. 아무리 크레레이아 박사가 힘써준다고 해도 말이다. 그리고 박사 역시 보수 없이 거짓말쟁이로 몰려서 신용에 흠이 생길지도 모른다.

또 만약 그 보고를 그대로 믿어줄 경우에는 일이 더 성가셔진다. 틀림없이 말이다.

수십 명에 달하는 수인과 세 마리 고룡을 상대로 해서 이긴, 이렇다 할 뒷배도 없는 네 소녀.

그냥 내버려둘 리 없다. 이 나라도, 다른 나라도.

다행히 첼시는 추락한 후로 그들의 싸움을 목격하지 못했다.

추락 전에도 현장에 도착하면 그저 와이번이 지나갔다고 둘러대고 정찰할 생각이었는데, 인간 소녀들이 용종에게 공격당하고 있는 모습을 보고 곧바로 도우러 나섰을 뿐이라 딱히 뭔가를 보지는 못 했을 것이다. 그러니 나중에 오해를 풀고 화해했다고 하면 그런가 하고 생각하겠지.

하지만 자신이 번 시간이 모두에게 승리를 불러왔다는 대수훈이 '없었던 일'이 되는 건 불쌍하니 언젠가 어떤 형태로 보답해주기로 결정한 '붉은 맹세'의 네 사람이었다.

크레레이아 박사는 의뢰주에 대한 의무보다도 종족 간의 관계 악화 저지를 우선했다.

당연하다. 잘못하면 엘프까지 전쟁에 휘말릴 테니까.

또 겉모습의 몇 배(혹은 수십 배)에 해당하는 나이인 크레레이아 박사는 헌터들의 관습에 대해서도 어느 정도 지식이 있었다. 그리고 물론 '범죄자를 제외한 헌터의, 과거와 능력 등을 캐내거나 입 밖으로 꺼내는 것은 법도에 어긋난다. 그것은 최소한의 행위여서 설령 헌터가 아닌 자라도 그 일을 저질렀을 경우 이후 헌터 길드에 하는 의뢰가 일절 거절당하고, 또 경우에 따라서는「이상하게 그 이후로 그 의뢰자의 모습을 본 자가 아무도 없었다」와 같은 안타까울 일이 생길 수도 있다'는 걸 잘 알았다.

그리고 박사는 '붉은 맹세'를 적으로 돌릴 생각이 전혀 없었다.

"……그런데 마일. 고룡을 쓰러트린 그건?"

그렇다, 그러한 '헌터의 관습'은 파티 동료에게는 적용되지 않았다.

동료의 실력을 모르면 제대로 연대할 수 없으니까. 그리고 신뢰할 수 없는 자와 파티를 결성하는 건 제대로 된 헌터가 하는 행동이 아니다.

레나의 그 질문에 대한 마일의 대답은.

"저희 집안의 비전(祕傳)이에요!"

“““““…………. ”””””

‘큰일났다, 의심하고 있어!’

천하의 마일도 그 사실을 깨달았다.

“저, 저기, 실은『불이 났을 때 나오는 초인적인 힘』같은 게 있어서…….”

마일은 인간의 마음과 몸의 관계, 마음의 한계를 넘으면 마력과 신체 잠재 능력이 어쩌고저쩌고, 하고 설명을 늘어놓았다.

그래도 의심하는 듯한 모두에게 마일은 이렇게 덧붙였다.

“레나 씨도 경험해본 적 있잖아요! 옛날에 도적을 쓰러트렸을 때!”

““““아…….””””

“그리고 메비스 씨의『진 신속검』. 그것도 기를 다스려서 신체 능력을 100퍼센트 끌어내는 기술, 그러니까 의식적으로『불이 났을 때 나오는 초인적인 힘』을 내고 있는 상태인 거라고요!”

“아!”

이제 조금 믿어주는 것 같다. 고지가 눈앞이다!

“그리고『불이 났을 때 나오는 초인적인 힘』은 평소에는 자기 의지로 낼 수 없는 잠재 능력을 내는 거고, 그와 비슷한 개념으로『불이 났을 때 나오는 기적의 힘』이라는 게 있는데…….『초인적인 힘』이『원래 자기가 가지고 있던 힘을 해방시킨다』라는 의미인 반면, 이건『원래는 없었고, 있을 리도 없는 힘』을 내는 거예요. 그 힘의 원천은 완전히는 해명되지 않았지만, 친구를 위기에서 구하기 위해 적 앞을 막아섰을 때 발현될 경우가 많은 걸 봐서,

그 힘은 『우정 파워』가 아닌가 하고 예상한대요. 자기 목숨을 방패막이로 삼아서라도 지키고 싶다, 반드시 지켜야 한다는, 친구를 위한 뜨거운 마음이 강렬한 에너지가 되어 샘솟아서……."

"아, 그만 됐어!"

레나는 더 추궁하기를 포기한 듯하다.

레나도 자신들의 우정의 힘이 승리를 불러왔다는 말이 싫지 않았고, 마일뿐만이 아니라 메비스가 보여준 그 기적의 힘은 그렇게 생각하지 않고서는 도저히 설명이 되지 않았다.

'…………이겼다!'

그리고 신세계의 신이라도 된 양 사악한 미소를 짓는 마일이었다.

결국 '마음의 한계를 넘으면 고룡이 세 마리라도 이길 수 있다'는 사실 그 자체가, 애초에 상식에서 벗어났다는 사실은 전혀 깨닫지 못하고…….

* *

"……그렇게 된 겁니다."

헌터 길드 헬모르트 지부 2층. 굳이 설명할 것도 없이 길드 마스터의 방이다.

여느 때처럼 마일이 보고한 내용을 경청한 길드 마스터가 고개를 마구 끄덕였다.

"음, 자세한 내용은 크레레이아 박사에게 들었다. 그 내용과 완전히 일치하니 문제없어. 이미 영주님으로부터도 박사의 보고를 바탕으로 산출한 보수를 받아 두었지. 자, 여기 있다."

길드 마스터가 서랍에서 천주머니를 꺼내 테이블 위에 쿵, 하고 내려놓았다.

""""우와아아아!""""

천주머니 안에 들어 있던 것은 무려 금화 200닢! 일본 엔으로 환산하면 약 2000만 엔에 상당했다.

네 사람이 평소대로 생활한다면 이번에 망가진 옷과 방어구를 새로 장만하고, 조금 사치를 부리면 1년 남짓, 검소하게 생활하면 2년은 그럭저럭 보낼 수 있는 금액이다. 레나와 마일의 식비가 많이 나가는 만큼 금방 써버리겠지만 어쨌든 상당한 대금이었다.

하긴, 수인과 고룡을 무찌르고 영지를 지켰으니 이 정도쯤은 받는 것이 당연하다. 아니, 더 받아야 한다. 그리고 국가로부터도 보상금이 나와도 이상하지 않다.

하지만 보고에는 수인들과 고룡들에게 원래 침략 의도가 없어서 대화를 나누었을 뿐이라고 되어 있기 때문에, 그 점을 생각하면 이러한 금화의 양은 상당히 잘 대우해 준, '통 큰 대접'이었다.

"그리고 영주님의 전언이다. 『수고 많았다』. 이상이야."

"뭔가, 높아 보이네요……."

"아니, 실제로 높으신 분이 맞잖아!"

마일의 감상에 메비스가 지적했다.

거기에 길드 마스터도 합세했다.

"영주님은 귀족으로서의 단점은 전부 갖추고 계시지만, 그리

나쁜 분은 아니야."

((((아니, 그게, 바로 '나쁜 사람'이잖아!)))

역시 이 길드 마스터는 사실 영주를 싫어하는 게 아닐까, 하고 생각하는 네 사람이었다.

"아무튼 영주님이 평민에게 수고를 치하하는 말씀을 내려주신 건 10년 가까이 전에 목숨을 걸어 아드님을 지킨 자에게 한 것 이래로 처음이야. 그 정도로 감사하고 있다는 이야기이니, 있는 그대로 받아들여라."

그런 말을 하니 기분이 나쁘지 않았다. 보수액도 상당히 많이 받았고, 영지군의 비밀 병기인 로브레스도 기꺼이 내주었다.

실전 훈련을 할 계획이었을지도 모르겠지만, 모처럼 손에 넣은 와이번과 기승원을 충분한 훈련을 쌓기도 전에 내주었다는 건 네 사람도 나름대로 높이 평가하고 있었다.

"알았어요. 그럼 그 말씀을 감사히 받아들이죠. 영주님께 그렇게 전해 주세요."

"그래, 그렇게 말해주니 고맙다."

레나의 말에 길드 마스터가 조금 안심한 표정이었다.

그리고 역시 예상했던 대로 영주에게 직접 보고할 필요는 없어서, 그 후로 네 사람은 1층에서 왕도행 호위 의뢰가 없는지 확인했다.

다행히 호위 의뢰 수락을 기다리는 소규모 상단이 있어서, 길드원이 곧 상단 책임자를 불러와 이야기가 잘 진행되었다.

이번 임무는 아직 소문이 퍼지지 않았지만, 아무래도 지난 소문을 들어 알고 있는 상인인 모양이었다. 그렇지 않다면 어린 소녀 네 사람에게 불안감을 느끼는 자가 많을 테니까.

어쨌든 이렇게 해서 도보 이동이 아니라 마차를 타고 가면서 돈까지 벌 수 있게 되었다.

상단은 출발 대기 중이라고 하니, 물론 출발은 다음 날 이른 아침이 되었다.

＊　＊

"맛있네요! 이야, 이렇게 좋은 호위를 고용하다니, 운이 정말 좋았습니다!"

"정말!"

마일의 요리는 상인들에게도 큰 호평을 받았다.

여느 때처럼 값싸고 가볍고 부피가 작은 휴대식 시리즈, 딱딱한 빵과 건조 분말 채소 수프를 내려고 하자 마일이 그것을 막고는 살짝 나가서 잡아온 여우를 요리해 모두에게 대접했던 것이다.

아이템 박스 안에 보관한 것은 쓰지 않았다. 그걸 쓰면 자신들이 부담하는 것이 되어버리기 때문이다.

하지만 지금 잡아서 쓰면 '호위 임무 수행 중에 잡은 것'이므로 상인들에게 제공하는 데 별로 저항감이 없다.

그래도 상인들은 '그럼 너무 미안하니까 별도의 요금을 지불하겠다'고 나와 주었기 때문에, 호위 요금에 더 얹어서 돈을 받기로 이야기가 되었다.

물도 절약할 필요가 없어서 마음껏 썼다. 상인들이 말하기로 이렇게 쾌적한 여행은 아주 드물다고 했다.

마차 네 대에 상인이 각각 한 명씩. 마부를 고용하는 사치는 부릴 수 없어 상인이 마차까지 모는, 영세 상인이 모인 집단이었다. 마일을 비롯한 '붉은 맹세'를 다 합해도 총 여덟 명밖에 되지 않는 소규모였다.

선두마차의 짐 일부를 나머지 세 대에 조금씩 옮기고, '붉은 맹세' 전원이 선두 마차에 탔다. 무슨 일이 생겼을 때 초동 대처가 중요하므로 각 마차에 한 명씩 타는 바보 같은 행동은 하지 않았다. 그렇게 배치하면 순간적인 대응이 느려지고, 따로 국밥으로 대처하게 되는 문제가 있었다.

게다가 한 명씩 흩어지면 대화를 나누지 못해 지루할 것이다. 왕도까지 줄곧 혼자 마차 안에 있는 것은 아무래도 사양하고 싶다.

왕도로 가는 여행은 순조로웠다.

마일이 이따금 생각에 잠긴 모습을 보이는 것, 그걸 느끼면서도 쓸데없이 캐물을 수 없어 가만히 내버려두는 세 동료의 복잡한 마음만 빼고…….

마일은 고민하고 있었다.

앞으로 어떻게 하지, 하고.

그 유적 그림.

그건 분명 신이 말했던 '선사 문명'을 그린 것이었다.

본인들이 직접 그린 것인지, 아니면 그 자손들 혹은 전승을 이어온 자들의 손에 의해 그려진 것인지는 모르겠지만.

그리고 이제 와서 유적 조사를 시작한 고룡 일족.

연구? 고룡에게 인간의 역사, 그것도 아주 먼 옛날에 멸망한 문명의 역사를 연구하는 색다른 취미가 있나? 정말 고고학과 역사학을 연구하고 있는 건가?

한두 마리쯤이라면 고룡 중에 별난 녀석이 있어도 이상하지 않다.

하지만 일족이 몽땅 하는 조사다. 심지어 동화 한 닢의 이익도 없고, 자신들의 역사도 아닌데도 불구하고…….

그리고 만약 고고학과 역사학이라면 그 벽화는 귀중한 자료가 틀림없다.

적어도 '꽝'이라는 한마디로 무시해도 되는 그림이 아니었다, 절대로.

……그렇다면 진짜 목적이 뭘까.

고룡 일족이, 그것도 수인과 마족까지 동원해 각지에서 유적 조사를 하고 있는 이유는?

제일 먼저 떠오르는 생각은 보물찾기이다.

금, 은, 진주, 선물. 아, 아니, 금은보화다.

……하지만 고룡이 그런 걸 바라고 일족이 총출동해서 행동에 나설까?

아니, 물론 지구에서 들은 이야기에서도 드래곤은 재물이나 반짝거리는 걸 좋아한다는 내용이 많았다.

하지만 이 세계에서는 그런 이야기를 들은 적이 없다. 아마 지구에서의 이야기는 드래곤을 무찌를 이유와 동기부여를 높이기 위해 만든 설정에 지나지 않으리라. 반짝거리는 걸 소굴에 쌓아 둔다니, 까마귀도 아니고…….

아무래도 고룡이 재물을 노린다는 건 설득력이 낮다.

연구 목적은 아닌데 유적을 노린다.

지구에서 그건 좋게 말하면 '트레저 헌터', 나쁘게 말하면 '도굴꾼'이다.

뭐, 이 세계에서는 유적 소유자나 관리자가 있는 게 아니니 '도굴'이라고 할 수는 없지만.

여하튼 학술 조사와 인간이 재물이라고 여기는 것에는 흥미가 없다고 가정한다면, 고룡들은 도대체 무엇을 찾고 있는 걸까?

……뻔하다.

아마도 유물일 것이다.

그것도 보석이나 예술품 같은 게 아니라, '쓸 수 있는 것'. 즉 기술적인 유산.

그런 먼 옛날의 유물이 과연 쓸 수 있는 상태로 남아 있을까, 하는 생각이 들겠지만 어떠한 정보의 형태이거나 어쩌면 진공 보존, 시간 정체 필드, 그리고 아이템 박스처럼 시간 개념이 없는 이차원에서 보관하는 등, 지구를 훨씬 초월한 문명이라면 뭐가 있어도 이상하지 않다. 신(자칭)들은 간단히 실현하니까.

하지만 왜 고룡이 그런 걸 찾지? 지금 현재, 세계 최강이라고 일컬어지는 고룡이, 어째서 그런 걸 원할까? 게다가 고룡은 '마이페이스' 같은 생물이어서 세계정복 따위는 관심도 없을 것이다.

모르겠다…….

너무 의존하는 건 좋지 않지만 어쩔 수 없지. 지금은 아주 살짝만 물어보기로 하자.

'나노야?'

『네!』

'고룡들의 목적이 뭔지 알아?'

『네.』

'그게 뭔데?'

『그건, 금칙 사항입니다.』

'뭐……?'

지금, 나노에게 거절당한 거야?

『저희는 생물의 사념파를 수신해서 강하게 방사된 생각을 읽을 수 있습니다. 일반적인 사고는 못 읽어도 그 생물의 의도는 어느 정도 판단할 수 있지요. 또 실제로 말로 나온 것 중에 저희의 임무와 관련된 건 네트워크로 흘러가고, 그렇지 않은 것은 그걸 들은 자의 개인 메모리에만 남게 되는데, 다른 나노머신의 질문이 네트워크로 흘러갔을 경우는 그에 대한 정보 제공이 이루어집니다. 따라서 그 건에 관해서도 물어보면 고룡이 사는 마을의 나노머신에게서 어떤 정보들을 얻을 수 있겠죠. 다만…….』

'다만?'

『그건 금칙 사항에 저촉되지 않을 때의 이야기입니다. 그리고 이번 건은 완전히 저촉됩니다.』

'그렇게 중대한 일이야?'

『중대한지 아닌지와는 상관없습니다. 저희는 특정 종족이나 세

력을 편드는 것이 허락되지 않습니다. 기껏 해야 일시적으로 특정 개체를 위기에서 구하는 정도가 자유재량의 한도입니다. 저희의 임무는 수신한 사념파의 소망을 이루어주는 것입니다. 선인이든 악인이든. 그 내용이 좋든 나쁘든 말이죠. 저희는 어디까지나 도구여서 저희의 의지로 무언가를 이룰 수는 없습니다. 식칼이 요리에 쓰이든 살인에 쓰이든 그게 식칼의 의지가 아니듯이. 따라서 특정 종족의 정보를 다른 자에게 알려주는 것은 불가능합니다. 탐지마법으로 적의 위치를 확인하는 등 단순한 마법 행사의 결과 등은 또 별개의 이야기니까 문제없습니다만.』

'그렇구나…….'

그 설명에 납득이 가고 말았다.

그야 그럴 것이다. 아니면 나노머신과 대화를 나눌 수 있는 레벨 3이 되었을 때 나노머신이 적이든 아군이든 상관없이 모든 정보를 알려준다면 세계 정복 따위 식은 죽 먹기겠지. 과연 그래서는 곤란하리라.

어쩔 수 없군, 스스로 생각해볼까.

'고마워. 나머지는 내가 알아서 생각할게.'

『도움이 되지 못해 죄송합니다.』

자, 그럼 어떻게 하지…….

나에게는 아무런 의무도 없다.

고룡이 뭘 찾든, 그리고 뭘 하려고 생각하든.

하지만 왠지 개운치 않다.

그건 인간 중에 상황을 어느 정도 이해하고 있는 게 나뿐이기 때문일까. 아니면 고룡과 겨룰 수 있는 게 나뿐이기 때문일까. 그것도 아니면…….

고룡들은 싸움을 원하지 않는 눈치였다. 인간들에게 방해받고 싶지 않았을 뿐이지 의외로 평화로운 목적인지도 몰랐다.

또 이번에는 고룡 세 마리를 상대했지만, 그들은 어차피 말단 심부름꾼과 어린 견습생 그리고 관광 유람하러 온 아가씨였다. 진짜 고룡 전사, 그것도 일족을 통째로 상대하기라도 하는 날에는 어떻게 될지 보장할 수 없다.

평범한, 일반적인 여자애로서의 행복을 바랄 뿐인 내가 괜히 참견해봐야 오히려 혼란만 부추기고 서로 불행해지기만 할 것 같다는 생각이 든다.

모처럼 동료가, 친구가 생겼는데…….

그리고 이 세계의 미래는 이 세계 사람들이 만들어나가는 것이 옳겠지. 이세계의 지식을 지닌 이분자(異分子)가 괜히 손대서 휘저어대는 것이 아니라.

하지만.

'그래서 대실패라고 판단하여, 지금은 아무도 돌보지 않고 그대로 방치된 세계랍니다…….'

'저희도 약간의 책임을 느끼고는 있지만.'

신은 분명 그렇게 말했었다.

대실패의 세계, 신들이 아무도 돌보지 않는, 내팽개쳐진 세계.

이 세계는 설령 파멸의 위기에 직면한다고 해도 '신의 구원'은 없다.

*　*

소규모 상단과 '붉은 맹세'는 무사히 왕도에 도착했다.

그길로 길드에서 호위 의뢰 완료 수속을 하고 보수를 받아 챙긴 뒤 헬모르트에서의 임무 완료 보고까지 마쳤다. 이쪽의 보수는 이미 현지에서 받았기 때문에 보고와 서류 수속만 하면 되었다. 완료 증명은 헬모르트의 길드 지부에서 받으므로 아무 문제 없었다.

"참 잘도 매번 어려운 의뢰를 제대로 완수해내시는군요……."

접수원 아가씨 레리아가 서류 수속을 하며 어이없다는 표정을 지었다.

"이렇게 해서 수속이 완료되었습니다. 돌아가시기 전에 길드 마스터를 뵙고 가세요."

""""""네~에!""""""

길드 마스터를 찾아가니, 그가 환한 미소로 맞이해 주었다. ……우락부락한 얼굴에서 나오는 미소란 조금, 아니 많이 무서웠다.

"참 잘해주었다! 지난번에 이어 아주 성가신 의뢰를 깔끔하게 해결해줘서 정말 고맙네! 지방에 있는 지부는 『역시 왕도 지부야』 하고 여길 테고, 다른 젊은 파티도 신인들에게 지지 않겠다면서 더 분발해주겠지. 이야, 고맙다, 진짜로! 게다가 왕궁에서도, 자칫 잘못하면 수인들과 갈등으로 번질 가능성이 있었던 사건을 원만하게 해결해줘서 고맙다는 폐하의 말씀이 있으셨어! 십여 년만인 것 같구나, 우리 지부가 폐하로부터 직접 말씀을 받은 게…….”

아무래도 왕궁과 길드 모두 최신 정보를 입수한 모양이다. 모든 정보를 가진 전령이 엄청나게 빨리 도착했거나 아니면 로브레스를 탄 첼시가 추가 보고서를 가지고 전령의 뒤를 쫓아, 도중에 건네준 건지도 모른다.

그러고 보니 영도에서 로브레스, 첼시, 그리고 크레레이아 박사까지 보지 못했네, 하고 생각하는 네 사람이었다.

“우리 돌아왔어~.”

“어, 언니들, 무사하셨나요!”

여인숙의 문을 열고 언제나 그랬듯이 접수 카운터 쪽에 말하자, 레니가 큰 목소리로 소리치며 달려 나왔다.

“걱정 좀 시키지 마세요! 예정일이 지났는데도 안 돌아와서 걱정했잖아요!”

눈물이 그렁그렁 맺혀서 덤벼드는 레니를 마일 일행이 겨우 달랬다.

“아, 모두에게 알려야지!”

안정을 되찾은 레니가 그렇게 말하며 카운터로 돌아가더니 나무 팻말을 꺼내서 입구 바깥에 걸었다.

헌터는 언제 행방불명이 될지 알 수 없고, 시신이 발견되면 운이 좋은 편이라는 난폭한 직업이었다. 유명한 A등급 헌터라면 몰라도 갓 데뷔한 C등급 파티가 소리 소문 없이 사라지든 어쨌든 아무도 신경써주지 않는다. 그래서 요란하네, 하고 생각하며 쓴웃음을 지으면서도 '붉은 맹세' 네 사람은 아무렇지 않게 팻말에 쓰인 글씨를 읽었다.

'오늘, 욕실 전 구획 개방, 뜨거운 물 사용 제한 없음. 소은화 3닢'

""""""……………."""""""

어깨를 털썩 떨구는 네 사람.

레니는 역시 레니였다.

그날 밤은 몇 번이나 급탕 때문에 불려나가는 대신 식사와 숙박을 무료로 제공 받았다.

그렇게 해서 입욕료 자체의 돈벌이는 줄어들었지만, 선전과 모객 효과를 고려하면 충분히 수지에 맞을 것이었다.

"언니들, 아무리 무료라지만 너무 많이 먹는 것 아녜요?!"

사력을 다해 먹어치우는 마일과 레나를 보며 레니가 탄식하기는 했지만.

*　*

'붉은 맹세' 네 사람은 다음 날 조금 늦은 시간에 길드를 찾았다.

장기 의뢰를 끝낸 지 얼마 되지도 않아 다음 의뢰를 받으려고 그런 것은 아니다.

어제는 의뢰 완료 처리와 길드 마스터와의 대화 정도밖에 한 일이 없어서, 현재 의뢰 상황이랄까, 자리를 비운 사이에 알아둬야 할 정보가 없는지 등 정보 수집을 위해서였다.

장기간 부재했던 헌터나 휴식중인 헌터들은 그런 이유로 용무가 없어도 길드에 종종 얼굴을 내미는 것이다.

"아, 왔다 왔다!"

마일 일행이 길드에 들어가니 안쪽에서 귀에 익은 목소리가 들렸다.

"크레레이아 박사?"

그렇다, 발굴 현장에서 로브레스를 타고 영도로 먼저 떠났던 크레레이아 박사였다.

그리고 그 뒤에 어딘지 낯익은 얼굴들이 있었다. 보고하기 위해 왕도로 떠났던 조사대를 비롯하여 수인들에게 붙잡혔던 헌터들이었다.

"어, 어떻게 왕도에?"

"영주님께 보고를 올린 뒤 로브레스를 타고, 왕도로 향하는 보고대를 뒤쫓았지. 그렇게 도중에 합류해서, 그대로 왕도로 와서 무사히 보고를 마쳤어. 로브레스는 날 내려준 뒤에 첼시랑 함께 영도로 돌아갔고."

과연 로브레스를 타고 왕도에 내려앉는 건 무리가 있다. 현명한 판단이리라.

그리고 왕궁과 길드가 최신 정보를 정확하게 파악하고 있던 이유도 판명되었다.

정확하게라고 해도 마일 일행이 조정한, 이라는 조건이 붙지만 그래도 거짓말은 아니니까 문제될 것은 없다.

"저, 저기, 우리의 무기를 회수했다고, 박사가 그러던데……."

크레레이아 박사의 뒤에서 누군가가 말했다.

모두를 대표해서 그렇게 말한 사람은 조사대의 호위를 의뢰받았던 파티의 리더였다.

그들에게는 사활이 걸린 문제이니 대화에 끼어드는 것도 무리는 아니다.

"네, 교섭해서 돌려받았어요. 자, 여기요!"

아무것도 없는 허공에서 갑자기 우르르 쏟아진 무기와 방어구.

마일의 비상식적인 면에 관해서는 도주할 때 이미 충분히 봤기 때문에 이제 와서 새삼 놀라는 사람은 없었다. 멀리서 빙 에워싸고 지켜보던 다른 헌터들까지 포함해서 말이다.

"아앗, 내 애검이다!"

"다행이야! 선배의 유품인, 브레스트 아머가……."

모두, 소중한 무기가 돌아와 몹시 기뻐 보였다.

"고맙다. 모아둔 돈은 그럭저럭 있어도 파티 멤버 전원이 무기를 새로 사게 되면 타격이 크니까 말이지. 그중에는 무기를 새로 살 만큼의 돈이 없는 녀석들도 있거든. 구출해준 것도 그렇고, 너희한테 뭐라 감사해야 할지."

호위 리더의 말에 맞추어 다른 사람들도 일제히 고개를 숙였다.

"그리고, 무기를 되찾아와 준 사례금 말인데……."

이럴 때의 시세는 무기 사정 가격의 2~5할이다.

물론 탈환한 상대의 힘, 옮겨 온 여정의 길이와 위험도 등 여러 가지 조건에 따라 그 비율은 달라지지만.

이번 경우에는 아무리 교섭에 성공했다고 하지만 그건 어디까지나 결과론. 수십에 달하는 수인들의 거류지에 위험을 각오하고 뛰어들어 탈환한 것이니, 4~5할이 되어도 전혀 이상하지 않았다.

"됐어."

""""""엥?""""""

헌터로서 당연한 권리인 사례금을 받지 않겠다고 한 레나의 말에, 빌려온 무기를 자기 무기로 바꾸던 헌터들에게서 깜짝 놀라는 목소리가 터져 나왔다.

"호위 의뢰를 받은 조사대 파티는 몰라도 다른 파티는 숲에서의 벌이가 없었잖아. 우린 충분히 벌었으니까 괜찮아, 그 정도는 안 받아도."

"괘, 괜찮냐? 정말로?"

호위 리더가 대답하는 것보다 먼저, 뒤에서 다른 헌터가 그렇게 물었다.

호위 의뢰를 받은 파티는 원래 견실한 활동을 해왔고, 길드의 계좌에도 그럭저럭 저금이 있었다. 그래서 자신들은 돈 때문에 곤란하지는 않았지만 아무래도 다른 헌터들은 그렇지 않은 모양이었다. 자신들이 아무리 그래도 사례금을 내겠다고 주장한다면 그들 역시 그에 따라야만 한다.

사실은 아무리 강하다고는 해도 신인 소녀 파티에게 신세 지는 것은 중견 헌터로서 용납할 수 없는 일이었다. 하지만 자신들이 고집을 내세우면 재정 상태가 나쁜 다른 헌터들이 곤경에 처한다. 그것 역시 동향 출신인 헌터 동료로서 가만히 두고 보기 어렵다.

"으, 으윽……, 미, 미안해서 어쩌지……."

본의는 아닌 것 같으면서도 레나의 의사를 받아들인 리더에게, 상황을 살핀 레나가 제안했다.

"그럼 사례금 대신, 똑같이 힘든 상황을 겪고 있는 파티를 보게 되면 도와줘. 그 의뢰금을 우리가 미리 냈다고 받아들이면 어때?"

상대가 지킬지 어떨지 전혀 보장할 수 없는, 위안 수준의 구두 약속이었다. 하지만 레나 일행은 고개를 마구 끄덕이는 헌터들이 왠지 그 약속을 지켜줄 것 같다는 생각을 했다.

한편 레나 일행의 대화를 듣고 있던 다른 헌터들과 길드 직원은 몹시 감동 받았다.

자신들에게 여유가 있다면서 다른 헌터들을 헤아리는 마음 씀씀이.

어떤 사람은 그것을 '자신들의 당연한 권리를 내팽개쳤다. 바보나 하는 짓이다' 하고 비웃을지도 모르지만, 적어도 이 자리에 있는 사람들 중에 그렇게 생각하는 자는 아무도 없었다.

만약 자신이 그런 입장이라면.

궁지에 몰렸을 때, 따뜻한 말 한마디로 구원받을 수 있다면.

그렇게 생각하면 절대 바보 취급할 수 없었다.

'붉은 맹세'

헌터 양성 학교 졸업 검정 시험에서 일약 유명해진, 미소녀 기대주들이 모인 신인 헌터.

그 전투 능력뿐 아니라 약속은 반드시 지키고, 의뢰 달성률이 100퍼센트. 게다가 다른 헌터들을 대하는 다정한 태도와 마음 씀씀이.

그녀들의 평판은 점점 더 올라가게 되었다.

그때 길드에 있던 자는 모두 환하게 웃었다. 헌터들도, 길드 직원들도.

돈을 못 벌어 벌레 씹은 얼굴을 한 폴린과 자꾸 감사 인사를 받아 쑥스러움을 감추려고 얼굴이 잔뜩 굳은 레나, 그리고 왠지 '각오 완료!' 같은 얼굴을 한 마일을 제외하고…….

제37장 결단

길드에서의 정보 수집 결과, '붉은 맹세'가 휴식을 뒤로 미루면서까지 뛰어들 만한 재미있는 의뢰도 없었고 특별히 문제가 될 만한 정보도 없었다.

그보다도 앞으로 펴져 나갈 '각지에서 고룡의 조사가 시작될지도 모른다'는 정보가 얼마간 최대 뉴스가 되겠지.

점심 식사는 밖에서 마치고, 오랜만에 왕도를 산책한 마일 일행은 저녁 무렵에 여인숙으로 돌아왔다. 저녁은 숙소에서 먹지 않으면 레니 그리고 요리사인 주인이 삐친다. 게다가 목욕 급탕 문제도 있으니.

마일은 몇 번의 추가 급탕을 해준 후 오늘은 왠지 일찍 졸려서 먼저 자겠다고 말하고는 침대로 기어 들어갔다.

물마법이 장기인 폴린과 불마법이 장기인 레나만 있으면 일단 뜨거운 물을 가득 채운 후 추가 급탕 정도는 문제될 것이 없다. 두 사람 모두 마일에 의한 마(魔) 개조가 끝났기에.

* *

『일어나실 시간입니다.』

아직 해도 뜨지 않은 깊은 밤, 고막의 진동이 음성 신호로 뇌에 전달되어 숙면을 취하던 마일의 의식을 깨웠다.

'음~냐, 뭐야, 아직 컴컴한데……, 아, 맞다. 고마워, 나노.'

『천만의 말씀입니다.』

나노머신을 알람시계 대신 쓰는 폭거를 휘두른 마일은 방에 소리 차단 마법을 건 후 조심소심 침대에서 내려왔다.

공주님처럼 자란 메비스, 위험과는 무관하게 자라온 폴린이라면 걱정 없다. 하지만 행상을 따라다니면서 했던 노숙도 그렇고 헌터 생활을 길게 한 레나는 아주 작은 소리에도 눈을 뜨고 만다. 그래서 소리 차단 마법을 걸고 주의를 기울이며 조용히 움직였던 것이다.

마일은 아이템 박스에서 모두에게 맡아두었던 것을 꺼내 바닥에 쭈욱 늘어놓았다.

물통, 담요, 작은 냄비, 포크와 스푼.

큰 냄비와 텐트는 마일이 없으면 어차피 가지고 움직일 수 없으니 그냥 가져가기로 했다. 대신 그에 해당하는 금화를 두둑이 챙겨주었다.

또 아이템 박스에 보관했던 파티의 돈 중에 약 5분의 4 정도 되는 금화를 꺼내 바닥에 둔 마일은 조용히 중얼거렸다.

"지금까지 고마웠어요, 모두……. 건강하세요!"

그리고 마일은 조용히 방을 뒤로했다.

마일은 예의 발굴 현장을 떠난 후로 줄곧 고민하고 또 고민했었다.

모두 못 본 걸로 하고 평범한 여자아이로서의 행복을 추구할 것인가. 아니면 그 사건에 참견할 것인가.

어쩌면 그 사건이 조만간 인간계에도 영향을 미칠지 모른다.

하지만 고룡은 생명이 길다. 고룡의 계획은 수백 년, 수천 년 단위의 기간이 아닌가.

게다가 인간과는 시간 감각이 다를 '신'이 '문명의 진보가 정체되고 말아서' 하고 말할 정도이니, 지금까지 수천 년, 수만 년 단위로 변화하지 않았을 이 세계가 그리 급하게 변화할 거라는 생각도 들지 않는다.

……자신은 평범한 행복을 원했다.

하지만 곰곰이 생각해 보면 자신이 생각한 '평범함'이 과연 이 세계 사람들에게도 '평범'할까.

밤새워 책을 읽고 게임에 열을 올리고 맛있는 것을 먹고 청결하고 안전한 생활을 하고 이따금 여행하는 것. 그건 이 세계에서는 귀족의 삶이다. 평범한 서민들은 누릴 수 없는 것이다.

이대로 모두와 함께 정처 없이 떠도는 헌터 생활을 계속 한다? 언제 세계가 발밑에서부터 무너져 내릴지 모른다는 걸 알고도 가만히 있는다?

또한 동료들과도 영원히 같이 있을 수 있는 건 아니겠지.

레나 씨 이외에는 가족이 있고, 메비스 씨는 기사를 꿈꾸고 있다. 폴린 씨도 언젠가는 집으로 돌아가 시집갈 테고, 레나 씨와 메비스 씨 모두 평생 독신으로 살 생각은 없으리라. 적어도 본인의 희망으로서는…….

어차피 언젠가는 헤어지게 된다. 그 '언젠가'가 지금이어도 전혀 이상하지 않다.

지금이라면 파티에 충분한 저금도 있고, 당분간은 휴식 기간이기도 하다. 그러는 동안 신규 멤버를 모집해서 자신의 빈자리를 채우면 그만이다.

검사 두 명, 혹은 검사와 창사를 각각 한 명씩 넣거나 거기서 한두 명 더 추가해도 좋다. 그렇게 하면 C등급 파티 '붉은 맹세'는 별 탈 없이 존속 가능하리라.

그리고 자신은 느긋하게 여행을 즐기며 노후에 대비해 일하면서 겸사겸사 유적과 관련된 조사를 하는 거다. 의무감에 매이거나 초조해하지 않고, 어디까지나 '겸사겸사, 부업으로'.

아무 의무도 없지만 뭐, 시간 때우기로 살짝 참견해볼까 하는 정도의 아주 가벼운 마음으로.

세계를 어떻게 해보겠다는 주제넘은 짓을 할 생각은 전혀 없다. 그리고 물론 동료들을 거기 휘말리게 할 생각 따위는 눈곱만큼도 없다.

혼자 집을 나와 학원에 갔고, 혼자 그곳을 도망쳐 나와 헌터가 되었고, 그리고 지금 세 번째로 혼자 여행을 떠나려 한다. 그저, 그게 전부인 이야기이다.

결단. 마일은 두 번 다시 되돌릴 수 없는 결의를 굳혔다.

'애니멘터리, 「결단」. 제16화, 『키스카 섬 철수』. ……「기적의 작전 『키스인가?』」'

그리고 마일은 아무래도 상관없는 것을 떠올리고 있었다.

살금살금 계단을 내려가, 식당 부분을 가로지르려는 바로 그때.

진한 홍차 향이 마일의 콧구멍을 간지럽혔다.

"……앗?"

자기도 모르게 우뚝 멈춰 선 마일에게 어둠 속에서 누군가가 말을 걸었다.

"늦었잖아."

깜짝 놀란 마일이 어둠 속을 뚫어지게 쳐다보자.

인간보다 훨씬 밤눈이 밝은 마일의 눈에 비친 것은, 어둠 속에서 테이블 석에 앉아 찻잔을 손에 든 레나의 모습이었다.

"레, 레나 씨! 어, 어째서……."

마일이 깜짝 놀라자 레나는 흐흥, 하는 표정을 지었다.

"너무 알기 쉽다니까, 너는. 무슨 생각을 하는지부터, 그들에게 무기를 돌려준 후에 『이걸로 드디어 다 정리되었다』 하는 표정까지. 전부 다 들켰다고. 사기꾼은 절대 못 될 거야, 그래서는."

물론 마일은 사기꾼으로 생계를 이을 생각은 해본 적도 없었다.

"하지만 침대에 분명히……."

"그건 말아 놓은 담요야. 네가 푹 자는 동안 방에서 나왔어. 항상 제일 늦게 자는 네가 일찍 잠자리에 드는 건, 한밤중에 일어나서 빠져 나가겠습니다 하고 광고하는 거나 마찬가지 아니야?"

"으윽……."

"자, 가자!"

자리에서 일어난 레나는 완전 무장한 상태였다.

보아하니 이대로 마일과 함께 떠날 생각으로 기다린 모양이었다.

한밤중에 언제까지고 숙소 안에서 대화를 이어나갈 수도 없는 노릇이다. 누가 깰지도 모르고, 매너 위반이다. 마일은 묵묵히 고개를 끄덕이고 출입구 쪽으로 향했다.

그리고 문을 열고 밖으로 나가자.

"공주님, 기사 하나 고용하지 않겠습니까?"

메비스가 장미꽃을 입에 물고 벽에 기대 서 있었다.

'흐에에에에엑~!'

그림이 너무 좋잖아!

속으로 기절하는 마일이었다.

"자, 가자!"

"아, 잠, 잠깐만요!"

출발하려는 레나를 마일이 허둥지둥 막았다.

"왜?"

"저, 저기, 출발을 하루 연기하는 게 어떨까요?"

이상하다는 표정을 짓는 레나에게 마일이 주뼛주뼛 제안했다.

"왜 그래야 하는데?"

"저기, 모두 다 아무 말도 없이 떠나면 꼭 야반도주하는 것 같아서 보기 흉하니까, 저 혼자라면 몰라도 다 함께 갈 거면 여인숙 분들과 길드에도 제대로 말해두는 편이. 게다가……."

"게다가?"

"장비랑 금화를 대부분 방에 놔두고 와버렸어요……."

"돌아가자!"

그렇게 다시 방에 들어가니, 폴린이 울먹이며 바닥에 주저앉아 있었다.

""""아……."""

아무 말 없이 날아드는 폴린의 주먹을, 저항하지도 못하고 계속 맞는 세 사람이었다.

*　*

다음 날, 동 틀 무렵에야 겨우 잠드는 바람에 조금 늦게 잠에서 깬 '붉은 맹세' 멤버들은 라스트 오더가 아슬아슬할 때쯤에 아침 식사를 한 후 길드로 향했다.

폴린은 심기가 무척 안 좋았고 눈은 아직 빨갰다.

어젯밤에는 그 일이 있은 후 겨우 조금 진정된 폴린을 다 함께 필사적으로 달래며 대화를 나눴다.

"어째서 저를 두고 가려고 했나요! 그때도 그리고 이번에도! 저는, 저는 필요 없는 아이인가요오오오오옷!"

""""쉬이이이이~잇!""""

값싼 여인숙이라 벽이 얇은 편이어서 한밤중에 크게 소리를 지르면 곤란하다.

다른 방에서 항의가 들어오기 때문이라는 의미는 아니다.

아마도 항의는 들어오지 않을 것이다.

대신 잠에서 깬 다른 숙박객들이 모두 벽에 귀를 대고 흥미진

진하게 엿들을 것이 틀림없다. 좋든 나쁘든 '붉은 맹세'는 상당히 유명해서, 그들이 싸웠다는 정보를 얻으면 동료들 사이에 화젯거리를 독점할 수 있다.

마일은 당황하며 소리 차단 결계를 쳤다.

늘 온화하고 생글거리는 얼굴로 무서운 계략을 짜내는 폴린이 보인 격정에 어쩔 줄 몰라 하는 세 사람.

자신이 그 입장이 되면 더할 거면서 '폴린이니까' 하고 가볍게 생각해버린 것은 아직 15세에 지나지 않는 폴린에게 너무 과도한 기대를 했기 때문인지, 아니면 자신들이 너무 어려 생각이 얕아서 그랬던 건지…….

"아, 아니야. 딱히 폴린을 두고 가려던 게 아니라고! 그냥, 마일이 혼자 떠나려고 하는 걸 눈치채서, 어쩔 수 없이 내가 따라 가주려고 했을 뿐이야. 마일 혼자 가는 건 너무 걱정되니까……. 그런데 어쩌다 보니 메비스도 나처럼 눈치채고 있었던 모양이어서, 우리 둘이 개별적으로 마일을 숨어서 기다렸던 것뿐……."

"그래서 그대로 떠나려고 했죠, 두 사람의 지금 그 복장을 보니까! 어째서 저한테 알려주지 않았나요? 눈치채지 못한 제가 나쁜 건가요! 대답해보시죠!"

""…………….""

마일은 남 일인 척 굴고 있었다.

자신은 평등하게 세 사람 모두 두고 가려고 했으니, 원망을 들을 입장이 아니라고 안심하면서.

사람들은 그것을 '방심'이라고 부른다. 혹은 '희망적 관측'.

폴린의 얼굴이 끼기긱, 하고 마일 쪽으로 돌아갔다.

"어떻게 된 거야. 토해내. 깡그리 토해내라고!"

"아, 아네에에에에에!"

……토해냈다. 깡그리.

"사실 저는 다른 나라의 귀족 가문 출신인데 후계자 문제로 집에서 쫓겨나……."

""""그건 들었어.""""

"왕족에게도 찍혀서……."

""""그것도 들었어.""""

"일반적인 수준에서 벗어난 마력이랑 마법에 관한 지식이 있어서……."

""""알아.""""

"헉……."

결국 마일이 이 세계의 누구에게도 절대 말할 생각이 없었던 전생과 신에 대한 이야기를 제외하면 마법의 근간적인 해설 말고 감추는 것이 거의 없게 되었다.

"……그래서, 고룡들의 진짜 목적이 아무래도 마음에 걸려서……. 하지만 결과가 나오는 게 몇백 년 뒤의 일일지도 모르는 고룡족의 계획에 저희가 어떻게 관여한다고 될 문제도 아니니까 자유롭게 여행하는 김에 시간 때운다고 치고 살짝 확인해볼까, 하는 정도의 가벼운 마음으로……. 이렇게 정말 적당하고 목적도 없는 유랑에, 가족도 있고 목적도 있는 여러분을 끌어들이면 안 되니까, 파티에서 모은 돈을 두고 혼자 떠나볼까, 하고…….”

마일의 설명을 메비스는 받아들인 것 같았지만, 레나는 추궁을 멈추지 않았다.

“그게 전부야? 정말 그게 전부야? 또 있잖아, 목적이!”

“아, 아 네! 가다가 좋은 남자를 만나면, 거기에 뿌리를 내리고 행복한 생활을 시작할 생각이었습니다아앗!”

완전히 모든 것을 토해내서, 더는 위액도 나오지 않는 마일이었다…….

*　*

“내일 왕도를 떠날 거예요.”

“아, 네. 무슨 의뢰를 받으셨나요?”

“아니요, 의뢰를 받고 가는 게 아니라 각 나라를 떠도는 여행을 할 계획이에요.”

““““허어어어어어억~?!””””

메비스의 보고에 접수원 아가씨 레리아 뿐 아니라, 아무 생각 없이 귀를 기울이고 있던 헌터와 다른 길드 직원들까지 크게 소리 질렀다.

“그, 그게, 무슨……. 이, 일단 이쪽으로! 길드 마스터와 대화를!”

네 사람은 일단 길드 마스터의 방 앞에서 대기하고 레리아가 먼저 들어가 설명했다. 그 후 방 안으로 안내 받았다.

“이게 다 무슨 소리야! 자네들은 헌터 양성 학교를 나왔잖아!

세금을 써서 무료로 학교에 다니게 한 대신, 최소 5년은 이 나라에 소속되어 활동하게 되어 있는데!"

길드 마스터가 침을 마구 튀기며 격노했다.

"아, 네. 그렇죠."

"그렇죠, 가 아니지! 알면서 왜 여행을 간다는 거야! 국내라면 또 모르지만, 왜 해외로 가는 거냐고!"

마일의 가벼운 대답에 점점 더 격앙된 길드 마스터.

하지만 마일이 논리정연하게 설명했다.

"네, 물론 『5년간 이 나라에 소속되어 활동해야 하죠. 그걸 어길 경우에는 학비와 생활비 반환, 위약금 일괄 지불』이라고 정해져 있죠. 그러니 그걸 잘 지킬게요."

"……뭐라고?"

"그러니까, 저희는 어디까지나 『티루스 왕국의, 헌터 길드 왕도 지부 소속』이에요. 그냥 장기간, 멀리 원정 가는 것뿐입니다."

"어이……."

"헌터가 호위 의뢰와 용병, 희소물 채집 등으로 각 나라에 떠나는 건 늘 있는 일이잖아요? 그러면서 용돈 벌이로 현지의 일을 의뢰받기도 하고 돌아올 때도 현지 상단의 호위 의뢰를 받고요. 그것과 마찬가지입니다. 저희 『붉은 맹세』는 어디까지나, 이곳 티루스 왕국 왕도 지부 소속. 그저 장기적인 일을 하러 갔다가 그대로 현지 의뢰를 계속 수행하느라 돌아오는 게 다소 늦어진다, 단지 그것뿐인 이야기입니다. 헌터 기록 서류도 이곳 지부에 그대로 둘 거고, 이따금 돌아오겠습니다. 메비스 씨와 폴린 씨의 집도 여기 있으니까."

"윽…………."

그 후에도 계속 옥신각신하다가 결국 길드 마스터가 꺾였다.

대화 도중에 마일이 "그럼 내일부터 일은 뿔토끼 사냥으로만 제한할까요? 이 근방의 뿔토끼가 씨가 마를 때까지" 하고 말한 것이나, 레나가 "바위도마뱀을 300마리 정도 잡아 오는 건 어때? 시세 가격으로 길드에 20마리 정도 팔고, 곧바로 반액 정도에 나머지를 시장에 넘기면……" 하고 말한 것이 관련 있는지 없는지는 분명하지 않다.

"이제 여인숙에 말하는 것만 남았네요……."

"어어……."

마일이 말하자 메비스가 우울한 듯 고개를 끄덕였다. 레나와 폴린의 표정도 어두웠다.

여주인과 주인은 그럭저럭 괜찮다. 꽤 무미건조한 편이고, 공과 사를 깔끔하게 구분 지을 테니까.

문제는 레니였다.

울고불고 난리가 날 것이다.

모두 그렇게 생각했다.

그리고 모두의 마음속은 이런 느낌이었다.

우중충 웅성웅성.

제38장 새로운 여행

"네에에에에에에엣?!"

정신없이 바쁜 점심시간이 지나간 후, 마일에게서 장기 원정 이야기를 들은 레니는 예상대로 소리를 질렀다.

"……그런가요."

하지만 그 후에는 뜻밖에도 차분히 대응했다.

다들, 레니는 반쯤 광란 상태가 되어 난동을 부릴 거라고 예상해서 단단히 붙잡을 준비를 하고 있었는데…….

"뭐예요, 여러분. 예상이 빗나갔다 하고 말하는 듯한 그 태도는?!"

레니가 뾰로통한 표정을 지었다.

"여인숙을 운영하다 보면 이별의 순간이야 언제든 있죠. 일상다반사예요. 짐을 그대로 둔 채 사냥을 나가 두 번 다시 돌아오지 않거나, 무참하게 고깃덩어리가 되어 돌아오거나 하는 것에 비하면 훨씬 나아요. 수행을 위한 여행 때문이라는 이유의 이별이라면. 그리고 또 언젠가 돌아올 거잖아요? 영원한 이별도 아니니까."

생각보다 어른스러운 레니의 모습에 감동한 '붉은 맹세' 네 사람.

그리고 '무참하게 고깃덩어리가 되어'라는 대목에서 포크를 쥔 손이 멈춘, 레어 스테이크를 먹고 있던 불행한 손님.

"하지만 그렇게 되면 목욕탕 전 구획 개방과 뜨거운 물 사용 제한 없음, 이었던 건 힘들어지겠죠? 계속 부분 사용을 한다고 해도 사람을 고용한 급탕은 저희가 하는 것보다 훨씬 가격이 비싸서, 들어가는 노동력에 비해 돈벌이가 별로 안 되지 않을까요? 그러니까 저희가 없는 동안 목욕탕 영업은 모객과 선전 목적으로 거의 서비스하고, 저희가 있을 때 이익이 확 생기는 거 아닌가요?"

마일의 말에 윽, 하고 말문이 막히는 레니.

그렇다. 마일 일행이 부재중일 때는 고아들을 고용해 물을 길어오게 하고, 급탕은 마술사에게 음식을 무료로 제공하거나 수고료를 챙겨주면서 부탁했지만, 그 경우에는 지난번에 마일이 구획을 나눠놓았던 좁은 부분만을 사용했다.

전 구역을 개방하게 되면 3미터 곱하기 4미터 곱하기 수심 50센티미터여서 필요한 수량이 약 6톤. 게다가 족탕과 샤워용으로 급탕대 탱크에 들어갈 분까지 생각하면, 거리가 꽤 떨어진 우물까지 가서 10리터들이 통에 물을 수백 번 길어서 운반해 와야 한다. 불마법을 쓰는 마술사도 한둘로는 턱도 없다.

하지만 구획을 좁게 나눈 부분만이라면 1미터 곱하기 1.5미터 곱하기 수심 50센티미터. 게다가 샤워 사용량을 제한한다면 급탕대 탱크분을 포함해도 몇 분의 일로 줄어든다.

물론 그렇게 해도 마일 일행의 마법 없이는 준비하는 데 상당한 시간과 경비가 든다. 게다가 쓸 수 있는 욕조 부분이 좁고, 뜨거운 물의 양도 제한되기 때문에 이용 손님의 숫자도 한정적이다.

그래서 전 구획을 개방해 목욕탕 수입을 충분히 내는 것은 '붉은 맹세'가 여인숙에 묵는 기간뿐이었다.

"저희가 떠나면 목욕탕 운영 자체가 어려워지겠네요. 가격을 올릴 수도 없고, 이익은 별로 안 나오고, 수고와 노동력이 커서 레니의 부담만 늘어나 힘들겠죠? 이렇게 된 거, 그냥 목욕탕을 없애는 편이 나을지도……."

"안 돼요!"

걱정하는 마일의 말을 막은 레니.

"우리 여인숙은 원래도 경영은 순조로웠어요……. 가족 경영이라 인건비가 별로 안 들거든요. 하지만 지극히 평범한 서민용 여인숙에 지나지 않았죠……. 그런데 요즘 들어 목욕탕과 언니들의 모객 효과 덕분에 꽤 유명해져서 상승세를 보이고 있다고요. 이때 언니들과 목욕탕, 둘 다 동시에 잃어버리면……."

레니가 말을 이었다.

"여기는 여인숙이에요. 여인숙에 머무는 손님은 이 도시에 집이 없는 사람. 즉 대부분 여행자들이고, 일시적으로 머무르는 이방인이죠. 그래서 언니들도 언젠가 떠나리라는 것 정도는 각오하고 있었어요. 그리고 그때가 되면 무슨 수를 써서라도 제 힘으로 목욕탕을 유지해서, 이 여인숙을 번창시킬 거라고 결심했죠. 아무리 괴롭고 힘들더라도……."

그리고 결의에 가득 찬 눈빛을 보이는 레니.

"레니는 포기하지 않아요. 설령 무슨 일이 있다고 해도요!"

* *

"마일. 너, 도대체 뭐 하는 거야?"

숙소 방에서 속옷 차림에 망토를 걸치고 부스럭대며 뭔가를 연습하는 마일 그리고 어이없다는 표정으로 그 모습을 지켜보는 나머지 세 사람.

"아, 아니, 에토 란제(일본 만화 『두근두근 투나잇』에 나오는 여자 캐릭터. '이방인'을 뜻하는 프랑스어와 발음이 같다)라면 엔딩에 대비해, 전라 망토 연습을 해둬야지, 하고 생각해서……."

"도대체 뭔 소리야?!"

*　*

그리고 늦은 밤.

침대에서 살짝 나온 마일은 조용히 방을 빠져 나갔다.

뒤이어 발소리를 죽인 채 몰래 따라가는 세 사람.

이번에는 폴린도 틀림없이 포함되어 있었다.

마일이 딱히 달아나려고 생각한 것은 아니다. 지난번과 달리 마일은 잠옷 차림 그대로였기에.

그리고 레나는 생각했다.

'누군가를 맞닥뜨리면 어쩌려고 저래!'

그렇다, 그건 숙녀가 남자들 앞에 보여서 괜찮은 복장이 아니었다.

레나 일행은 일단 망토로 몸을 가리고 있어서 안전했다. 레나가 생각하기에는 말이다.

마일은 안전한 장소에서까지 계속 감지 마법을 쓰지는 않았다. 귀찮기도 했고, 그렇게까지 벌벌 떨어서야 인생을 즐길 수 없기 때문이다.

물론 필요할 때는 주저 없이 쓰지만.

그렇게 몰래 이동하던 마일은 미행자들의 존재를 알아차리지 못했다. 그리고 그 목적지는…….

"'……목욕탕?'"

그렇다, 목욕탕 건물이었다.

'마지막 기념으로 목욕탕을 쓰려는 건가?'

그렇게 생각한 레나였는데, 마일은 욕실에 들어가지 않고 벽 쪽에서 발걸음을 멈췄다.

그리고 무영창으로 구사한 흙마법.

땅에 구멍이 생기더니, 구멍의 둘레에 흙으로 된 울타리가 만들어졌다. 그리고 그 울타리가 딱딱해져 바위처럼 변질되었다.

그 후 마일은 불마법으로 작은 불구덩이를 만들어 구멍 안으로 천천히 떨어뜨렸다.

그리고 구멍 안을 들여다보면서 뭔가를 확인한 후, 만족스러운 표정을 짓더니 다시 방으로 돌아가려는데…….

"뭐, 뭐하는 거예요, 여기서!"

"혼자서 몰래 하는 것 좀 그만해! 우리는 모두 동료잖아! 좋은 일이든 나쁜 일이든, 다함께 의논해서 결정하고, 다함께 행동하고, 다함께 책임을 져야 하는 거야!"

레나의 말에 메비스와 폴린도 고개를 마구 끄덕였다.

"…………죄송해요."

레나에게 혼이 난 마일이 고개를 숙였지만 그녀의 표정은 왠지 기뻐 보였다.

*　*

"오랜 기간 여러 가지로 신세가 많았습니다!"

"아니 아니, 우리야말로 신세 많이 졌네. 일이 끝나고 돌아올 때는 선물도 챙겨주고, 목욕탕도 그렇고, 손님을 끌어와 준 것도 그렇고……. 덕분에 객실 가동률이 올라가서, 순이익이 많이 늘었어. 큰 도움이 되었어. 레니랑도 놀아주고, 정말 고맙게 생각하네."

여주인이 그렇게 말하자 살짝 쑥스러워진 네 사람.

그리고 여주인, 주인, 레니, 모여 있던 다른 숙박객들의 환송을 받으며 여인숙을 나서는 '붉은 맹세' 멤버들이었다.

"가버렸네."

"응, 가버렸다……."

무덤덤하게 말한 주인 내외.

그때까지 생글생글 미소 짓고 있던 레니의 얼굴이 확 일그러졌다.

"흑, 흐흑, 으흐흑……."

레니는 여주인에게 달려가 안겨 얼굴을 파묻었다.

여주인이 레니의 머리를 가볍게 쓰다듬어 주었지만, 레니의 오

열은 쉽게 잦아들지 않았다.

그리고 몇 시간 후.

목욕탕 건물 근처에 갑자기 생긴 우물을 발견한 레니는 뛸 듯이 기뻐했다.

생각해보면 조금 떨어진 거리에 우물이 있다. 그렇다는 건 이 부근의 지하에 수맥이 흐르고 있다는 이야기였고, 땅을 파보면 물이 나올 확률이 높았다. 물론 설령 그걸 안다고 해도 그런 공사를 할 돈이 없었지만.

하지만 이렇게 해서 물을 길어오는 수고가 확 줄어들었다.

아니, 물을 길어오는 노동력은 여전히 필요하지만, 운반 거리가 거의 제로나 마찬가지였다.

이렇게 된 이상 고아들에게 줄 임금을 줄여서……, 아니, 그건 너무 불쌍하니까 쓰는 욕실 구획을 더 넓혀서 욕실 단독으로 수익 증가를 노리는 것이 좋을까?

"아하, 아하하하……."

그리고 레니는 생각했다.

"언니, 이왕 마음 쓰는 김에 지붕이랑 두레박도 만들어 주고 가지……."

아무리 마일이라도 거기까지는 서비스 해주지 않았다.

다 함께 걸으면서 마일은 생각에 잠겼다. 우물에서 물을 길어 올리기 위한, 어떤 편리한 기구를 달아줄 걸 그랬다고.

하지만 그런 기구는 고장이 잘 난다. 고장 나서 수리도 못하고 그것으로 끝나면 아무 의미가 없다. 게다가 그런 게 있으면 아마 상인과 권력자들에게 눈독들이겠지.

그렇다면 복제가 불가능한 단 하나의 제품을 만든다면?

하반신은 고정되어 있고, 상반신만 움직이는 골렘을 만들어서……. 그렇다, 로봇 대신에.

세계 최초의 로봇이니까 당연히 이름은 '로비'(1956년에 나온 미국 영화 『금지된 세계』에 등장하는 로봇. 시키는 일을 무엇이든 해낸다)이다.

하지만 이 세계 사람들은 로봇에 대한 개념이 없으니 자칫 잘못하면 괴물 취급을 받으려나.

우물 옆에 있으니 '이도의 괴물'(우물을 뜻하는 일본어는 '이도(井戸)'로, 영화 『금지된 세계』에 나오는 괴물의 이름인 '이드의 괴물'을 패러디했다).

모처럼 생각해낸 말장난을 알아줄 사람이, 이 세계에는 아무도 없다.

마일은 이 비정한 세상에 눈물 흘렸다.

"뭘 혼자 생글거렸다가 실망했다가 하는 거야? 자, 이제 드디어 우리 『붉은 맹세』의 새로운 여행이 시작되었어. 더 유명해져서 B등급으로 올라가자!"

"그리고 또 빨리 A등급으로 올라가서 기사가 되는 거야!"

"돈을 벌어서 제 힘으로 상회를 일으킬 거예요!"

"……저기, 저는 그냥 지극히 평범한 여자아이로서의 행복을 누리고 싶은데요……."

"하는 거야, 모두들!"

""하아~앗!""

"저기……."

아무도 마일의 말은 듣지 않았다.

*　*

며칠 후.

"실례합니다. 여기에, 여성 헌터 파티『붉은 맹세』가 묵고 있다는 이야기를 듣고 왔는데요……."

여인숙을 찾아온 사람은 크레레이아 박사였다.

"네? 누구시죠? 언니들한테 무슨 볼일이신데요?"

'붉은 맹세'에 빌붙으려 하거나 쓸데없는 참견을 하려는 자가 여인숙으로 쳐들어오는 일은 비일비재했다. 이번에는 파티 가입 희망자인가, 하고 생각한 레니는 평소대로 대응했다.

즉, 지나치게 공손한 말투로 쌀쌀맞게 구는 대응법이었다.

"아, 실례했습니다. 크레레이아 박사가 왔다고 전해 주세요."

과연 연륜은 무시할 수 없어서, 상대가 어린애라고 해도 업무상 나누는 대화일 때는 정중한 말투를 쓰는 크레레이아 박사.

하지만 돌아오는 대답은 사무적이면서도 싸늘했다.

"『붉은 맹세』 분들은 떠나셨습니다."

"헉……."

아직 지난 의뢰를 끝낸 지 며칠도 되지 않는다. 그렇게 많은 임무를 해치운 뒤니까 얼마간은 쉬겠지. 그렇게 생각했던 박사는 깜짝 놀랐다.

"아니, 무슨 의뢰를 받아서, 어디로?"

"모릅니다. 또, 설령 안다고 해도 손님의 개인 정보는 알려드릴 수 없습니다. 그것이, 저희 여인숙의 자긍심입니다."

업무상의 대화이므로 크레레이아 박사는 어린이에게도 예의를 차렸지만, 아무리 그래도 상대가 어리니 만만하게 생각하는 건 똑같았다. 그래서 어른도 무색할 정도인 레니의 대응에 깜짝 놀랐다.

"아……, 죄송합니다. 그럼, 언제 돌아오는지만이라도……."

"모릅니다."

"어떻게 좀……."

박사가 물고 늘어지자 레니는 지장이 가지 않는 선에서 알려주기로 마음먹었다.

"저는 『붉은 맹세』 분들이 떠나셨다고 말씀드렸습니다. 자리를 비우셨다, 가 아니라요. 그러니까 이 여인숙에서 방을 아예 빼고 여행을 떠나셨다는 이야기이고, 더는 돌아오지 않으신다는 겁니다."

"헉……."

아연실색한 박사는 아무 말 없이 여인숙을 뛰쳐나가 헌터 길드로 달렸다. 온힘을 다해서.

"『붉은 맹세』 애들이 어디로 간 거야!"

길드에 뛰어 들어오자마자 그렇게 소리친 크레레이아 박사.

정중했던 말투는 온데간데없었다.

"며칠 전에 떠났는데요……."

귀찮을 듯한 손님이어서, 다른 손님들을 상대하던 접수원이 카운터 안쪽에서 그렇게 대답해 주었다.

"어, 어디로! 어디로 갔어?!"

이제는 주위 사정 따위 알 바 아니라는 태도였다.

"모릅니다. 행선지를 정해두지 않은, 수행을 위한 방랑을 할 거라고 들었는데요……."

"그, 그런……."

크레레이아 박사가 무릎을 털썩 꿇었다.

"그 아이의 비밀이! 그 힘의 비밀이! 모처럼 당분간 지루하지 않을 것 같은, 딱 좋은 이야깃거리를 발견했건만!"

박사는 이를 바득바득 갈며 벌떡 일어섰다.

"놓칠 수 없어……. 절대로 놓치지 않을 거라고오오~~~!"

그리고 '붉은 맹세'는 앞으로 나아갔다.

새로운 도시, 새로운 모험, 그리고 새로운 금화를 찾아서.

……그 김에 '평범한 행복'까지도.

마르셀라의 공방전

또 초대장이 날아왔다. 그것도 대량으로.

마르셀라는 사감 선생님이 전해준 그 초대장 다발이 이제 지긋지긋했다.

지극히 평범한, 아니 다소 가난한 약소 남작가의 셋째 딸이어서 상급인 아들레이 학원이 아니라 하급인 애클랜드 학원에 다니는 마르셀라는 외모는 반듯했지만 귀족가의 따님치고는 별다른 가치가 없는 소녀였다.

그렇다, 기껏 해야 평민인 중견 상가에 시집가거나 백작가의 정부라도 되면 다행인 정도였던 것이다.

……다만, 그건 2년 반 전까지의 이야기이다.

2년 반 전, 애클랜드 학원에 입학하고 얼마 되지 않아 갑자기 마법의 재능을 꽃피워서, 그전까지는 물을 조금 만드는 정도였는데 하루가 다르게 공격마법까지 구사할 수 있게 되어 '여신의 총애를 받는 소녀'라고 불리게 된 재능 넘치는 소녀.

그리고 약 1년 전에 있었던, 왕족과 일부 귀족들 사이에서 '여신님 현현 사건'이라고 불리는 경이로운 사건.

함구령이 내려졌다고는 하나 목격자가 많았기 때문에 당연히 정보가 새어 나갔다. 여신님의 사자는 애클랜드 학원의 교복을 입은 은발머리 소녀였다고. 그만큼의 정보만 있으면 개인을 특정하기란 식은 죽 먹기이다.

종적을 감춘 그 소녀의 제일 친한 친구였던 하급 귀족 소녀.

미인에 두뇌가 명석하고 평민들에게도 사랑받는 인격자. 열두 살에 이미 귀족으로서의 자각이 있는 언동.

그리고 강력한 공격마법을 쓸 줄 아는, 사자님의 벗. 게다가 여신님과도 직접 교류가 있었을 가능성이 있다.

……그러니 가문의 대를 이을 아들의 신부로 노리지 않을 리 없었다.

그렇다, 자기 집안보다 격이 높은 자작가, 백작가, 후작가, 그리고 왕족으로부터 말이다.

"이, 우리나라 귀족이랑 이웃나라 백작가에게서 온 건 거절해도 되겠지요. 초대장이 너무 많아서 전부 다 나갈 수도 없고, 골라 나가는 건 실례니까 공평하게 전부 사양하는 것으로……. 다른 나라에서 온 것은 학생 신분인지라 공부를 내팽개치면서 며칠이나 걸리는 외국에 갈 수도 없으니까요. 애초에 아버님과 학원, 그리고 윗분들이 허락해주시리라고도 생각하지 않고……."

마르셀라는 그렇게 말하며 초대장 다발을 책장 틈새에 끼웠다. 책상 서랍은 이미 꽉 차 자리가 없었다.

그리고 그녀는 책상 위에 남은 초대장 한 통을 곤란하다는 표정으로 바라보았다.

"그런데 이건 어떻게 해야 좋을까요……."

그 초대장에는 이렇게 적혀 있었다.

'제2왕자 빈스 생일파티 초대장'

보내는 사람의 이름이 국왕 폐하였다.

아니 물론, 명의가 국왕 폐하일 뿐이지 실제로는 사무관이 썼겠지만.

……하지만 이것을 거절한다면 어떻게 될까.

"아버님께 『폐하께서 제2왕자 빈스 전하의 생일 파티 초대장을 받았는데 거절했습니다』 하고 말씀드렸다간 어쩌면 뒷목 잡고 쓰러지질 수도 있지요. 그럼 너무 죄송하니까……."

이건 아마도 거절할 수 없으리라.

게다가 제1왕자이자 왕태자 아델베르트 전하는 약간 건방지고 무서운 인상이었지만, 빈스 전하는 어딘지 멍한 구석이 있고, 친절하고 성격이 온화하고 귀여운 느낌의 왕자님이었다.

그래서 왕가에 시집오려는 상급 귀족 소녀들은 모두 왕태자인 아델베르트 전하를 노릴 테니, 빈스 전하에게 인사한 후 눈에 띄지 않게 있으면 된다.

그럼 괜히 이상하게 얽힐 일도 없을 것이고, 아델베르트 전하도 주인공인 동생을 밀어내고 어떻게 하거나 하지는 않으리라.

그 형제는 성격은 전혀 딴판이라도 사이가 꽤 좋다는 소문이 있으니까 말이다.

"어쩔 수 없네요. 이건 받아들일 수밖에요."

'원더 쓰리'는 3인 세트이지만, 아무래도 평민인 모니카와 올리아나를 왕궁에서 열리는 파티에 정식으로 초대할 수는 없었다. 남작가나 자작가 정도가 여는 파티라면 여신의 총애를 받은 소녀들이라며, 게스트로 초대되어도 이상하지 않지만…….

그렇게 해서 이번에는 마르셀라 혼자만 파티에 참석하게 되었다.

그리고 마르셀라가 모처럼 한 배려에도 불구하고, 그 소식을 들은 아버지는 흥분한 나머지 졸도하고 말았다.

*　*

3주 후.

마르셀라는 한껏 치장하고 왕궁의 대연회장에 있었다.

기절했다가 깨어난 아버지가 허겁지겁 마르셀라를 질질 끌고 간, 가난한 남작가의 셋째 딸이 가기에는 신분에 어울리지 않는 재봉소에서 만든 드레스와 어머니가 할머니께 물려받은 것을 빌려준, 남작가 대대로 전해 내려온다는 목걸이를 몸에 걸치고서.

보통은 가난한 남작가의 셋째 딸 따위, 이런 왕궁 파티에 초대될 리가 없다.

심지어 마르셀라는 아직 열두 살로 사교계에 데뷔도 하지 않은 상태였다.

이례 중의 이례. 그래서 당연하지만 주위에 친구나 아는 사람 한 명 없었고, 덤으로 초대된 아버지 역시 유력 귀족과 안면을 틀 수 있는 절호의 기회라며 여기저기에 인사하러 다니느라 마르셀라는 안중에도 없었다.

아버지는 자신이 마르셀라 옆에 붙어 있어도 유력 귀족과 안면

이 있어 소개 가능할 리가 없었기 때문에 부모에게서 떨어져서 행동하고 있는 자녀들끼리 만나는 편이 더 서로 알 계기를 쥐기 쉽다고 판단했던 것이다.

그래서 인사 다니러 가기 전에 마르셀라에게 '좋은 남자를 찾아서 접근해라' 하고 말해두는 것을 잊지 않았다.

역시 마르셀라의 아버지도, 아무리 공격마법을 쓸 수 있다고는 하나 남작가 셋째 딸인 마르셀라가 왕자 전하의 정비는커녕 측비조차 될 수 있다고는 생각하지도 않았다.

왕족과 인연을 맺으면 태어난 아이에게 왕위 계승권 따위 주어지지 않고, 질리면 간단히 버리는 정부 신세가 고작이었는데, 그럴 바에야 차라리 처음부터 백작가 자제와 만나는 편이 훨씬 낫다고 생각했다.

물론 권력의 자리에 오르기 위해서라면 설령 질리면 버림받더라도 왕자 전하의 애첩이 되는 편이 도움이 될지도 모른다. 하지만 권력을 탐하지 않고, 다른 평범한 귀족가에서는 정략결혼에 이용하는 셋째 딸인데도 자기 딸의 행복을 바라는 좋은 아버지였다. 귀족가의 당주로서는 낙제점이지만.

그런 사고방식을 가진 집안이었기 때문에 계속 가난한 남작 가문인 채로 머물러 있는지도 모르지만, 당주도 가족도 그걸로 만족해서 문제는 없었다.

아직 사교계에 데뷔하기도 전이고, 설령 데뷔한 후라고 해도 이렇게 최상류층 파티에 초대되는 일은 거의 없을 마르셀라는 어떻게 해야 할지 몰라 벽 쪽에 멍하니 서 있었다.

하지만 그 모습을 놓치지 않는 남자들이 있었다.

"프로일라인(아가씨), 괜찮으시다면 말벗이 되어주시지 않겠습니까?"

살짝 고개 숙이고 있던 마르셀라가 고개를 들자, 훤칠한 키에 열일고여덟 살 정도로 보이는 미남이 미소 짓고 있었다.

"네? 저, 저기……."

마르셀라, 인생 첫 헌팅 체험이었다! ……마일의 대역으로 빵집 점원을 했을 때의 것은 치지 않는다.

이 자리에 신원을 알 수 없는 수상한 자가 섞여 있을 리도 없다. 하급 귀족조차도, 평판이 좋은 딸을 가지고 있거나 어지간히 중요시되는 극히 일부 사람들만 있었고, 대부분은 상급 귀족과 왕족과 관련된 사람들이었다.

그리고 그 남자는 꽤나 늠름했다. 남자라고는 아직 어린 반 남자애들밖에 모르는 마르셀라가 볼을 붉게 물들이는 것도 무리는 아니었다.

하지만.

"아니야, 마르셀라 아가씨는 내가 에스코트 하겠어."

다른 남자들이 옆에서 끼어들었다.

"아니, 그 역할은 후작가 사람인 나에게 맡겨줘."

"아니 아니, 그건 내가……."

마르셀라 쟁탈전에 속속 참전하는 상급귀족 자제들.

과연 모두 목소리를 거칠게 내지 않고 어디까지나 교양 있게 신사적인 태도를 보였지만, 마르셀라에게는 마치 불꽃이 환시처럼 보이는 것만 같았다.

그렇다, 본인은 전혀 자각하지 못했지만, 그 정보를 입수한 왕족과 일부 상급 귀족들 사이에서 마르셀라는 유명인이었던 것이다.

그리고 그 사실을 모르는 자들에게도, 명백하게 데뷔 전인 나이이면서도 이 파티에 초대된 데다가 상급 귀족들이 빙 에워싸고 있는 소녀가 보통 인물은 아닐 것이라고 여겼다. 그래서 당연하지만 자신들 역시 뒤늦게 마르셀라 쪽으로 모였다.

"저, 저기, 그게……."

눈을 동그랗게 뜨고 혼란스러워 하고 있는 마르셀라에게, 뒤에서 누가 말을 걸었다.

"이런 데서 뭐해. 초대자인 아버지와 오늘의 주인공인 빈스에게 아직 인사도 안 했잖아. 자, 어서 와!"

갑자기 손을 붙잡고 끌어당겼는데, 그가 왕태자이자 제1왕자인 아델베르트 전하인 이상 불만을 표출할 수 없었다.

주위에 있던 귀족들도 그가 백작가나 후작가의 자제였다면 막아 세웠겠지만, 상대가 왕태자 전하이면 이야기가 다르다. 어부지리까지는 아니지만 마르셀라를 보란 듯이 빼앗겨도 에구구, 하고 한탄할 수밖에 없었다.

"오, 오늘, 초대해주셔서, 저, 정말, 감사드립니다……."

"됐다, 됐어. 오늘은 빈스의 생일 파티이니 그런 딱딱한 인사는 생략하여라. 자, 너도 손님들과 좀 어울리다가 오도록 해."

아델베르트에게 등 떠밀려 자신 앞에 비틀비틀 나온 마르셀라의 필사적인 인사에, 국왕 폐하는 그렇게 말한 후 오늘의 주인공인 제2왕자 빈스를 마르셀라 쪽으로 밀었다.

"엥……."

빈스는 어리둥절해하는 마르셀라의 손을 잡고 미소를 지으며 잡아끌었다.

"저, 저기, 저기……."

오늘의 주인공인 제2왕자 빈스 전하에게 붙들린 채 파티 회장을 돌아다니는 마르셀라. 그리고 왠지 그 뒤에 찰싹 달라붙은 제1왕자 아델베르트 전하.

……눈에 띈다. 엄청나게 눈에 띈다.

그리고 마치 실체가 있는 듯한 수많은 독신 여성들의 시선이 마르셀라에게 꽂혔다.

'으헥! 조, 좀 봐주세…….'

정신력이 마구 깎이는 가운데 마르셀라는 생각했다. 도대체 빈스 전하는 왜 인사하러 돌아다니는 데 자기를 데리고 다니는 건가, 하고. 이건 마치…….

그리고 퍼뜩 정신이 들었다.

'이, 이건, 애인 코스잖아아아아아앗!'

마르셀라는 깜짝 놀랐다.

그리고 그 모습을 목격한 아버지 역시 입을 반쯤 벌리고 아연실색했다.

마르셀라에게는 지옥 같은 시간이 이어졌다.

그렇다, 파티 내내 빈스 전하가 마르셀라를 놓아주지 않았던 것이다. 손님의 인사를 받을 때에도, 연설을 할 때에도.

그 모습은 다른 사람들에게 꼭 약혼 피로 파티 같다는 인상을 심어 주었다.

마르셀라는 의지할 수 있는 모레나를 필사적으로 찾았지만, 모레나는 사전에 '너는 언제든지 만날 수 있으니 오늘은 다른 사람에게 양보해라. 마르셀라의 근처에는 얼씬도 하지 말고 다른 손님, 특히 젊은 남자들을 위주로 상대해야 한다' 하고 가족 모두에게 신신당부 받아 뚱하게 그 말을 따랐기 때문에 마르셀라의 눈에 띄지 않았다.

'누, 누가……, 누가, 날 좀 도와주세요!'

얼굴은 억지 미소를 유지했지만, 속으로는 울먹이고 있는 마르셀라에게 빈스 전하의 연타가 날아왔다.

"이제 슬슬 생일 케이크가 들어올 시점이니까 우리 둘이 같이 커팅하자!"

'웨딩 케이크 커팅식인가요오오오!'

빈스 전하가 온종일 찰싹 붙어 있는 데다가 아델베르트 전하까지 옆에 있으니, 마르셀라를 '아버지 관계나 다른 어떤 이유로 우연히 초대되었을 뿐인, 아직 사교계에 데뷔도 하지 않은 어린 소녀'라고 여기고 넘겼던 여자들도 이쯤 되니 신경 쓰고 있었다. 자신들의 야망에 방해가 되는 자가 나타난 건 아닌가, 하고 말이다.

'따가워! 시선이 너무 따가워요!'

그러고 있는 사이에 정면의 커다란 문이 열리더니 거대한 케이크가 운반되어 들어왔다.

70센티미터 정도 높이에 바퀴 달린 받침대 위에 얹어진, 2미터가 약간 안 되는 높이의 케이크.

모두 합하면 2미터 반 정도가 되는데, 마르셀라에게는 올려다볼 정도로 엄청나게 거대한 크기였다.

물론 전부 먹을 수 있는 부분은 아니었다. 그렇게 만들면 강도를 유지하지 못해 무너지고 말 것이다.

대나무와 금속으로 된 뼈대에 스펀지케이크와 과일 등을 넣은 후 크림으로 코팅한 케이크였다.

현대 일본의 결혼식에서 사용되는 웨딩케이크는 전부 수지제(樹脂製)이고 칼로 커팅하는 부분만 하얀 젤 상태로 채워져 있는데, 역시 이곳에서는 그런 것을 쓰지 않았다. 뼈대만 빼면 전부 먹을 수 있다.

그리고 마침내 빈스 전하에게 손을 붙들린 채 회장의 앞쪽으로 끌려가다시피 한 마르셀라의 앞에 거대한 케이크가 등장했다.

앞으로 5미터, 4미터, 3미터…….

그때 받침대 바퀴가 뭔가에 걸려 거대 케이크가 휘익 기울었다. 근처에서 케이크가 운반되는 모습을 구경하고 있던 16~17세 무렵의 소녀를 향해.

"……앗!"

그리고 그 다음 순간, 빈스 전하가 마르셀라를 잡고 있던 손을 놓고 달려 나갔다.

"전하!"

"빈스!"

마르셀라와 아델베르트가 소리쳤을 때에는 이미 빈스가 소녀와 쓰러지는 초거대 케이크 사이에 들어가 케이크를 등지고 소녀를 감싸 안은 상태였다.

소녀의 주위에는 요리와 앞접시, 나이프, 포크 등을 둔 테이블이 있어서 들이받거나 팔로 껴안고 뒤로 물러나거나 하면 오히려 더 다칠 위험이 있었다. 그러니 빈스로서는 다른 선택지가 없었으리라.

아무리 거대하다고는 하나 어차피 뼈대 말고는 스펀지케이크와 과일, 크림이다. 다소 다칠지는 몰라도 죽을 정도는 아니다. 그렇다면 레이디(숙녀)에게 무서운 기억, 아픈 기억을 가지게 하거나 크림을 뒤집어써서 창피를 당하게 할 수는 없다. 자신의 생일 파티에 그런 일을 지켜보느니 차라리 자신이 창피를 당하는 편이 훨씬 낫다.

그리고 왕태자인 형에게 그런 일을 시킬 수는 없었다.

왕위에 오르지 않는 자신이라면 웃음거리가 되어도 상관없다. 그건 자신에게는 전혀 부끄러운 일이 아니었고, 마음속에 자랑스러운 훈장이 생길 테니까.

다만 마르셀라에게 추한 모습을 보이는 것만큼은 조금 아쉽다고 생각하면서도 충격에 대비해 몸에 힘을 주었다.

소녀의 드레스를 하나도 더럽히지 않는 것은 불가능하겠지만, 적어도 얼굴과 머리카락, 가슴 부근은 지켜주려고 소녀를 부둥켜 안고 그때가 오기를 기다렸다.

……

…………

……………………

그리고 아무 일도 없이 흘러간 몇 초 후, 빈스가 살짝 케이크 쪽으로 뒤돌아보자.

"……누, 누가, 어떻게 좀 해 주세요……."

거기에는 두 팔을 내민 채로 부들부들 떨고 있는 마르셀라 그리고 기울어지다가 멈춘 초거대 케이크가 있었다.

"이런……."

그 믿을 수 없는 광경을 빈스, 아델베르트, 그리고 모든 사람들이 아연한 표정으로 계속해서 지켜보았다.

바람 일으키기. 화염 일으키기, 염탄 쏘기.

온갖 마법이 있지만 '점점 기우는 무른 케이크를 그 상태를 유지하면서 받치는 마법' 따위는 존재하지 않는다. 아니, 존재할 리 없었다.

바람으로 받쳤을까? 그런 강력한 바람으로 받치면 크림도 스펀지케이크도 전부 날아가고 말 것이다.

영창도 없이 순간적으로 완성된 이 기술은 도저히 일반 마법으로 가능한 것이 아니었다.

일반 마법으로 불가능하다? 그렇다면 이건 도대체 뭐지?

여신의……?

가호인가? 총애인가?

그럼 역시 소문이…….

정적에 휩싸였던 회장 여기저기에서 다시 소리가 나기 시작했을 때.

마르셀라의 목소리가 다시 한 번 울려 퍼졌다.

"아니, 그러니까 빨리 어떻게 좀 해 주세요!"

모두 자세히 살펴보니, 기울기 시작했을 때 케이크의 뼈대 중 제일 아랫부분이 살짝 부러지면서 케이크를 세울 수 없게 되어 있었다. 이래서는 마르셀라가 계속 받치고 있어야만 한다. 그리고 마르셀라가 힘이 다 빠지면…….

"여봐라, 빨리 응급처치를 하라! 마르셀라의 마력이 다하면 쓰러진다!"

과연 왕태자였다. 아델베르트가 제일 먼저 상황을 파악해서 지시를 내렸다.

멍하니 있던 케이크 장인들도 역시 프로였다. 아델베르트의 목소리에 퍼뜩 정신을 차리더니 주변 테이블에서 나이프와 포크, 앞접시 등을 긁어모아 부러진 부분에 맞추기도 하고 받침대로 삼아 높이를 맞추는 등 케이크가 마르셀라 없이도 서 있을 수 있는 상태로 만들어 나갔다.

"살짝 기울기를 원래대로 돌려볼까요? 그리고 부러진 부분이 앞접시로 만든 받침대 부분에 올라가도록 해서, 네, 그거예요, 식기로 보강한 부분이 받침이 되도록, 네, 그대로, 살짝……."

케이크를 운반해온 장인의 지시에 따라 케이크를 살짝 세운 다음 중력 마법을 조금씩 해제해나가는 마르셀라.

드디어 케이크가 마법 없이도 무사히 중심이 잡혔다.

““““““““““오오오오오…….””””””””””

파티 회장이 다시 떠들썩해졌다.

그렇다, 마르셀라를 비롯한 '원더 쓰리'는 마일, 아니 아델로부터 중력 마법을 전수받았던 것이다.

모두가 건강히 오래 살기를 바랐던 아델은 어쨌든 마르셀라 일행이 죽을 확률을 낮추기 위한 마법을 우선해서 전수했다. 그리고 이 세계에서 일어나는 사고사 중에 큰 비율을 점하는 것이 '중력' 때문에 일어났다.

벼랑에서 추락, 낙마, 계단에서 굴러 떨어지거나 강에 빠지는 등 '자기가 떨어지는 쪽'뿐만 아니라 낙석, 건물 붕괴, 높은 곳에서 도적이 던진 투척창이나 화살.

어쨌든 중력과 관련된 위험이 너무 많은 것이다. 그래서 아델이 거기에 대처하기 위한 마법을 가르쳐주는 것은 당연했다.

"후우, 드디어 끝났네요……, 아니, 그런데 언제까지 그러고 있을 건가요!"

겨우 케이크 지지대 역할에서 해방된 마르셀라가 문득 쳐다보니 빈스가 아직도 소녀를 안고 있었다.

"아, 죄, 죄송합니다!"

"아……."

당황하며 소녀에게서 떨어진 빈스를 아쉽다는 듯 올려다보는 소녀. 그리고 웬 참견이야? 하는 눈빛으로 마르셀라를 쏘아 보았다.

"힉!"

살면서 누군가에게 그런 시선을 받아본 적이 없는 마르셀라가 무심코 작은 비명을 질렀다.

그리고 문득 깨닫고 보니, 웅성거리는 회장 그리고 자신을 향한 사람들의 시선이 느껴졌다.

'저, 저질러버렸네요~~! 아델 씨에 대해 말하면 안 되는데! 어, 어떻게 하면…….'

필사적으로 생각하던 마르셀라는 예전에 아델에게 들었던 이야기를 떠올렸다.

그 이야기의 제목은 '근심을 대신 가져가는 지장보살'이었다.

'그, 그거예요. 다른 사람에게로 흥미의 화살을 돌리면 되죠!'

그리고 지금, 모두의 흥미를 대신 가져갈 수 있는 상대는…….

"빈스 전하. 여성을, 아니 백성을 지키기 위해 자신의 몸을 방패막이로 삼으시다니 정말 훌륭하십니다! 과연 왕족을 향한 길을 걷고 계시는 분이시네요!"

마르셀라에게 칭찬받아 기분이 좋아진 빈스는 쑥스러움을 감추려고 그러는지 중얼거렸다.

"아니, 왕족을 향한 길이라니, 난 태어났을 때부터 이미 왕족인데. 이 정도쯤이야 당연하지!"

"아니에요, 그거랑은 다른 걸요?"

"응?"

너무도 당연한 사실을 부정 당하자 깜짝 놀라는 빈스에게 마르셀라가 말을 이었다.

"사람은 모두 태어날 때는 그저 아기에 불과해요. 왕자 전하도 귀족 자제분들도, 그건 다르지 않아요. 그 후에 교육을 받고, 부모님의 등을 보며 자라면서 자신의 위치를 이해하고 의무와 책임을 자각하고, 신념과 목적을 지니고 앞으로 나아가는, 그 지위에 걸맞은 사람이 되는 것입니다. 그래요, 인간은 태어날 때부터 신분이 정해지는 게 아니에요. 부모님이 훌륭한 분이라고 해서 단지 그 이유만으로 태어난 아이가 훌륭한 인간이 되는 건 아니잖아요. 그런 부모님을 보고 자라기 때문에 훌륭한 인간이 되는 겁니다. 귀족 집안에서 태어났으니까. 왕족으로 태어났으니까. 그러니까 잘난 게 아니에요. 그런 건 그냥 직위를 명찰로 달고 있는 것이나 마찬가지예요. 명찰을 단다고 해서 됨됨이가 어떤 사람이든 간에 그 직위에 어울리는 인물은 아니니까요. 인간의 가치는 명찰이 아니에요. 그 사람이 어떤 사람인지가 중요한 거예요. 그리고 지금 전하는 폐하의 아드님으로서 훌륭한 왕족으로 성장하셨다는 걸 모두에게 보여주셨습니다……."

마르셀라의 말에 빈스는 깜짝 놀라서 눈을 크게 뜨더니, 기쁜 듯 환하게 웃었다.

그리고 감동받은 눈빛으로 마르셀라와 빈스를 바라보는 회장 사람들.

받아들이기에 따라서는 마르셀라의 말이 혈통을 중히 여기는 귀족과 왕족을 부정하는 것처럼 들릴 수도 있어서 비난을 살지도 몰랐다.

하지만 아직 열두 살에 불과한 소녀의 말이었고, 여신의 총애를 받은, 아니 여신의 친구일지도 모르는 자가 한 말이다. 게다가 조금 전에 보여준 상식에서 벗어난 힘.

이렇게 해서 비난의 목소리는 들리지 않았다. 다들 그 말을 좋은 방향으로 받아들이고 감동받았을 뿐이다.

그렇다, 적당히 얼버무리려고 아델에게 들은 이야기를 그대로 옮긴 마르셀라는 일을 더 크게 만들고 말았던 것이다.

"……마르셀라의 덕분에 사고는 겨우 막을 수 있었다만, 책임자에게는 처벌을 내려야 한다. 불미스러운 일을 범한 자를 벌주지 않는다면 규율을 유지할 수 없고, 주최 측으로서의 체면이 서지 않으니까 말이야."

감동받은 표정에서 확 돌변한 아델베르트의 그 말에 케이크 마차를 밀었던 장인들이 그대로 얼어붙었다.

무리도 아니다. 마르셀라의 활약이 없었더라면 모처럼 연 파티가 엉망이 되고, 왕자가 다쳤을지도 모르니까 말이다. 평민인 장인들이 그 책임을 지게 된다면 가벼운 처벌로 끝날 것이라는 생각은 들지 않는다. 그 사실을 잘 알기 때문에 장인들의 얼굴이 하얗게 질렸다.

"잠깐만 기다려 주십시오!"

그때 마르셀라가 끼어들었다.

왕태자인 아델베르트의 말에 이의를 제기하는 것은 남작가 셋째 딸에게 허락된 일이 아니었다. 하지만 이 자리에서 그것을 책망하는 자는 아무도 없었다.

“피해를 받을 뻔한 당사자는 빈스 전하이시고, 이 파티의 주인공 역시 빈스 전하이시니 그 부분은 전하께서 결정해주시는 것이 맞지 않은가 하고 감히 생각합니다.”

“응?”

갑자기 자신을 언급하자 깜짝 놀라는 빈스.

“잘 부탁드립니다, 전하.”

하지만 마르셀라가 그렇게 말하니, 거절할 수도 없었다. 형인 아델베르트도 흥미롭다는 표정을 지으며 가만히 쳐다보고 있었다.

“아, 아아, 그것도 그럴지도……. 그럼, 처분은…….”

흘러가는 사정상, 자기가 처분을 내려야 하게 된 빈스는 곤혹스러워했다.

마르셀라의 말에 형 그리고 조금 떨어진 위치에서 자신을 바라보는 부모님도 입을 꾹 다물고 있다는 건, 역시 자신에게 전부 맡기겠다는 뜻이겠지.

하지만 자신의 한마디가 이 평민들의 인생을 좌우한다.

그런 중책을 맡은 적은 지금껏 한 번도 없었다.

무거운 처벌을 내리고 싶지는 않지만, 그렇다고 너무 가벼운 처벌로 끝내버리는 것 역시 왕족의 판단으로서 어떠한지. 그렇게 생각하니 다음 말이 나오지 않았다.

말을 머뭇거리는 빈스에게 마르셀라가 말했다.

"그러고 보니 제 친구가 말해준 적 있어요. 그 애가 제일 좋아한다는, 멋진 아저씨들이 주인공인 이야기 『하드보일드(완숙)』에 나오는 대사라는데요……."

마르셀라의 친구.

그건 그 은발 소녀를 말하는 건가?

모두들 귀에 온 신경을 집중시켰다.

"이렇게 말했어요. 『강해지지 않으면 살아갈 수 없다』……."

'엥? 그 말은 주저하지 말고 무거운 처벌을 내릴 수 있는 강한 마음을 가지라는 뜻인가?'

동요하는 빈스에게 마르셀라가 계속해서 말했다.

"그리고 『다정하지 않으면 살아갈 자격이 없다』라고도……."

그 말을 들은 빈스는 마음을 굳히고 처분을 내렸다.

"본 건은 케이크를 운반한 장인들의 과실로 레이디가 망신을 당하고, 다칠 뻔한 사고다. 마르셀라 덕분에 피해는 없었다고 하나, 그 죄가 사라지는 것은 아니다. 따라서 그에 적합한 처벌을 내려야 한다고 판단된다."

그 말에 창백해진 얼굴을 푹 숙이는 장인들.

"그러나 그러한 것은 전부 나를 위해 치러진 행사의 일환이고, 오늘은 내 열네 번째 생일이기도 하다. 이 경사스러운 날에 마음이 무거워지는 이야기는 하고 싶지 않아. 따라서 내 생일을 축하하는 차원의 특별 사면 대상으로 삼아, 주어져야 할 처벌을 즉시 무효로 한다. 이후에도 이대로 왕궁에서 근무에 힘써줄 것을 명하노라.”

평소에 쓰는 어리숙한 말투가 아니라 똑똑하고 분명하게 지시를 내리는 빈스의 모습에 깜짝 놀라는 아델베르트.

그리고 조금 떨어진 곳에서 지켜보던 국왕 폐하 부부는 평소 야무진 아델베르트와 달리 아직 어린애라고만 생각했던 빈스의 훌륭한 태도에 놀라서 몹시 기뻐했다.

처벌을 내리지 않고 그대로 덮으면 사람이 안이하고 너무 착하다며 얕보이게 된다.

그렇다고 해서 무거운 처분을 내리면 처분을 받은 사람과 그 관계자들의 원망을 살 뿐만 아니라 다른 사람들도 무서워하고 경계해서 부정적인 영향을 미치게 된다.

그런데 처벌은 분명히 내리지만 자신의 생일을 이유로 들어 다시 취소해 사실상 죄를 덮어주는, 도저히 어린아이가 내린 것이라고는 믿기 힘든 지시.

죄를 못 본 척하지는 않지만 비정하게 판단하지도 않는, 총명하고 마음씨 착한 제2왕자 전하.

회장 사람들은 야무진 아델베르트 전하의 그늘에 가려 눈에 띄지 않았던, 아직 어린 티가 남아 있는 줄 알았던 빈스 전하의 예상 밖의 모습에 놀라면서 동시에 뛰어난 두 왕자를 가진 왕국의 미래에 안도했다.

그리고 슬며시 빈스 전하를 올바른 판단으로 이끌어준 것이 누구인지 모르는 사람은 이 자리에 없었다.

뜨거운 박수갈채 속에서 모두의 시선이 한 소녀에게로 향했다.

그렇다, 이 파티 회장에서 빈스 전하를 제외하고 유일한 미성년자인 열두 살의 소녀에게 말이다.

"정말 훌륭한 판단이십니다."

빈스를 향해 생긋 미소 짓는 마르셀라.

그리고 굳어버린 빈스와 아델베르트.

마르셀라는 원래 조금 쌀쌀맞은 인상이었다.

아니, 물론 귀족으로서는 의지가 강해 보이는 미인형 얼굴인 마르셀라는 평균 이상의 '미소녀'였다.

아델처럼 어리바리한 느낌의 힐링계 '귀여운 소녀'와는 계통이 다를 뿐이었다.

게다가 열두 살이라는 '어린아이의 귀여움'이 있는 지금은 귀족들이 봤을 때 아델보다 더 예쁘다고 생각할 만한 용모였다.

그런 마르셀라가 오늘 처음으로, 아니 지난 번 다과회에서 만났을 때까지 포함해 왕자들 앞에서 처음 선보인, 진심에서 우러나온 진짜 미소.

그 엄청난 귀여움. 흉악할 만큼의 파괴력.

왕자들뿐 아니라 모두의 시선이 다시 마르셀라에게 집중되어, 어느새 회장은 또 다시 정적에 휩싸이고 말았다.

*　*

“……어째서 일이 이렇게 되었죠?”

그렇게 왕궁 파티가 있은 지 열흘 후.

사감 선생님이 전해준 초대장 다발은 세 배 가까이 늘어났다.

그리고 그 속에 포함되어 있던, 빈스 전하의 다과회 초대장과 아델베르트 전하의 여우사냥 초대장, 그리고 국왕 폐하 부부의 저녁 식사 초대장.

“어째서 일이 이렇게 됐나요…….”

그리고 마르셀라에게서 파티 이야기를 들은 모니카와 올리아나는 언젠가 마르셀라가 아델에게 했던 말을 입에 담았다.

““마르셀라 님, 『자업자득』이라는 말을 아시나요?””

작가 후기

여러분, 오랜만에 인사드립니다. FUNA입니다.

드디어『저 능력은 평균치로 해달라고 말했잖아요!』4권이 나왔습니다.

마일을 비롯한 '붉은 맹세', 드디어 첫 체험! ……수인과의 싸움 말이죠.

그리고 최강의 적, 고룡과의 싸움까지!

메비스 폰 오스틴, 목숨과 자긍심을 걸고 친구를 위해 인간의 한계를 초월한다!

동료들이 다치자 마일, 분노의 전력 공격!

여러분 덕분에 어찌어찌하여 신인작가에게 마의 장벽인 '3권'을 무사히 넘을 수 있었습니다.

이렇게 해서 마일 일행의 근황 보고를 좀 더 할 수 있을 듯합니다.

……가능하면 좋겠습니다.

아니, 분명 가능할 겁니다! 가능할 거예요, 분명!

편집장: 누가 정했는데?

FUNA: …………, 내가!

웹 연재를 시작한지 1년 2개월, 1권이 출간된 지 10개월. 시리즈 3권을 넘어서면서 코믹화 결정. 생각해보면 참 멀리 왔습니다…….

설마 초등학교 3학년 때부터의 꿈, 동경하던 인세 생활을 실제로 하게 될 줄은…….

"부장님, 큰일 났습니다!"

아니, 그건 인제이 와그너('인세'의 일본어 발음은 '인제이いんぜい'), 가 아니라, 린제이 와그너(국내에도 인기 있었던 미국드라마 '소머즈' 시리즈의 여주인공)지만요!

그리하여 다음 5권에서는 익숙해진 왕도를 떠나 새로운 세상으로 여행을 떠난 '붉은 맹세' 일행이 그녀들을 모르는 인간들 사이에서 초심으로 돌아가 '여러 가지 일을 저지르는' 내용이 이어집니다.

아니, 그런 '초심'으로는 안 돌아가도 되는데!

추억의 삼인조와의 재회, 그리고 새로운 전개의 예감…….

본 작품은 소설 투고 웹사이트 '소설가가 되자'에 연재된 저의 세 번째 작품입니다만, 일단 완결된 첫 번째 작품, 그리고 두 번째 작품(동시 연재)인 『노후에 대비해 이세계에서 8만 닢의 금화를 모읍니다(老後に備えて異世界で8万枚の金貨を貯めます)』와 『포션만 믿고 살아남겠습니다!(ポーション頼みで生き延びます!)』 연재를 1월부터 재개해서 본 작품의 갱신 속도를 유지한 상태로 세 작품을 병행하는 폭거를 휘두르게 되었습니다.

그렇게 해서 체력과 수면 시간은 줄어드는데 무슨 영문인지 체지방은 줄어들지 않는 신기하고도 괴이한 현상이 발생했어요. ……수수께끼가 수수께끼를 부릅니다!

또 구식에 마이너 감성인 제 말장난을 이해하지 못하면 '혹시 잘못 쓴 거 아닙니까?' 하고 지적받을 게 뻔한 요소를 전부 멋지게 통과시키는, 미스터리한 교정 · 교열 담당자와의 뜨거운 한판 승부.

"FUNA 씨, 도대체 뭘 쓰는 겁니까?"

시, 시끄러워!

그리고 무려 이 4권 발매일에 네코민트 씨가 그린 코믹스(단행본) 제1권이 동시 발매됩니다! 소설과 더불어 많이 사랑해 주세요!

또 소설과 만화 모두 계속해서 연재를 이어가니 그쪽도 잘 부탁드립니다.

마지막으로 담당편집자님, 일러스트레이터 아카타 이츠키 님, 책 디자이너 야마카미 요이치 님, 교정교열 및 인쇄, 제본, 유통, 서점 등에 종사하시는 관계자 여러분, 감상과 지적, 제안, 충고 등을 아끼지 않으신 '소설가가 되자' 감상란의 여러분, 무엇보다도 이 작품을 인터넷이나 책으로 읽어주신 모든 분께 진심으로 감사드립니다.

정말 감사합니다.

앞으로도 소설과 만화 모두 아낌없는 성원을 보내 주세요.

여러분의 도움으로 다음 권도 무사히 나올 수 있기를 바라며.
그리고 또 한 걸음, 저의 야망과 가까워지기를 바라며…….

FUNA

(본 후기의 내용은 국내 출판 사정과 차이가 있습니다)

후기?
모처럼 연습했으니 선보이는 전라 망토 마일
내용이 그래서 실릴지 어떨지……

실리면
만세!

亞古達樹

아카타
이츠키

저, 능력은 평균치로 해달라고 말했잖아요! 4

2017년 10월 24일 1판 1쇄 인쇄
2017년 11월 1일 1판 1쇄 발행

저 자 FUNA
일러스트 아카타 이츠키
옮 긴 이 조민정
발 행 인 유재옥
본 부 장 조병권
담당편집자 조찬희
편 집 권오범 김다솜 김민지 이문영 조찬희 정영길 박찬솔
라이츠담당 오유진
디 지 털 홍승범 박지혜
발 행 처 ㈜소미미디어
등 록 제2015-000008호
주 소 서울시 마포구 토정로222, 403호 (신수동, 한국출판콘텐츠센터)
판 매 ㈜소미미디어
마 케 팅 한민지
전 화 편집부 (070)4164-3962, 3963 기획실 (02)567-3388
판매 및 마케팅 (070)4165-6888, Fax (02)322-7665

ISBN 979-11-6190-120-6 04830
ISBN 979-11-5710-478-9 (세트)